¡Todo estaba listo para la boda!
La vida secreta de una errante
Autora: *Myriam Blanco-Uribe de Obadía*

ISBN: 9780578812045

Primera edición: *Enero 2021.* © *Book Masters Corp*

Arte Portada y Contraportada:
Asesoría editorial: *Massiel Alvarez /BMC*
Diagramación y diseño: *Antonio Suaza Valencia / Art Wink*

¡Todo estaba listo para la Boda!

La vida secreta de una errante

Myriam Blanco - Uribe de Obadía

DEDICATORIA

A los grandes amores de mi vida, por orden de aparición:

Arturo: Novio, esposo y compañero de aventuras.
Mariana: La hija que siempre soñé, mi amiga y confidente.
Luis Mariano: El amado nieto, que sobre una estrella del cielo bajó, para aterrizar en mis brazos.

AGRADECIMIENTOS

Agradecida con Dios, por regalarme: memoria, ocasión y tiempo para lograr un viejo deseo.

Gracias también, a mis adorables Yleana y Mariela, por su empeño, entusiasmo y colaboración en la realización y publicación de esta novela, basada en hechos de familia desconocidos por ellas. Gracias por los momentos que pasamos juntas, que mucho disfruté. Que el Señor me las bendiga hoy y siempre.

ÍNDICE

PRÓLOGO

Es la historia de una insólita desgracia, que por mucho tiempo perturbó la vida de dos grupos familiares. Un drama, que tatuó con dolor el corazón y la existencia de una atractiva joven de diecinueve años, cuando su traje de novia, en el maniquí esperaba. Un hecho sangriento, que provocó su cambio de identidad y la convirtió en errante.

Es el relato sobre un visionario, emprendedor y colaborador activo en el desarrollo de la ciudad, en la que le tocó vivir y la de sus cinco hermosas hijas, tan unidas como los cinco dedos de una mano. La vida y los amores de su único hijo varón y la de su amante, una artista de origen gitano.

La narración de un extraño suicidio, que derivó en dudas y en sospechas de homicidio.

Transcurre esta historia, entre mediados del Siglo XIX, hasta más allá de la mitad del Siglo XX. Trata sobre dos felices familias, que lamentablemente no pudieron escapar, del lado triste y trágico de la vida. Sus arraigados principios religiosos sirvieron de bálsamo, más no de sanación a una inesperada tragedia. Por muchos años un pacto tácito originado por el sufrimiento y las circunstancias, impidieron hablar de lo ocurrido. Debido al silencio, solo años después que falleciera la madre del suicida, sus descendientes lograrían enterarse de los hechos ocurridos.

Desde niña sentí fascinación con los reencuentros de mi madre y las cariñosas tías. Escucharlas destejer momentos de su pasada vida, fragmentos de sus épocas de juventud, de sus estudios del idioma inglés en Estados Unidos; referencias de sus padres, de sus novios y de todas sus alegrías, se convertían en una divertida fiesta. Sus discusiones, cuando sus recuerdos no coincidían, eran toda una delicia.

Culminando las controversias, en un coro de sonoras carcajadas. Crecí sintiendo igual deleite, sumado a la curiosidad de una adolescente apasionada por cualquier historia y mucho más si eran de mi familia. Ansiosa preguntaba por cada uno de los pasajes de sus vidas y sin proponérmelo, mi mente atesoraba y grababa lo escuchado. Con tan abultado bagaje de recuerdos, no teniendo otra cosa que hacer sino aburrirme, en un exilio motivado por las calamidades y los estragos provocados en mi país por el "Socialismo del Siglo XXI" me propuse escribirlos.

Ha sido grata la experiencia. He de confesar que mucho disfruté al escribir a mis años, este libro. A medida que caminaba por los senderos de mis evocaciones, las imágenes de mi madre y de mis tías se asomaban sonrientes y entusiastas en la pantalla de mi computadora: Las divertidas ocurrencias de mamá, el histrionismo de tía Josefina, la agudeza de tía Blanca, la dulzura de tía Lucy y la candidez de mi tía Mary.

Mientras escribía, el saberme parte de ese núcleo familiar, avivó mis emociones y mi gratitud por sus enseñanzas, por haber recibido en mis genes las bases morales que deben regir conducta y pensamiento.

Es un libro dedicado a la generación familiar actual y a las venideras, para que tengan conocimiento, sobre quiénes fueron sus antepasados y cuáles fueron sus aportes a la época en la que les correspondió vivir. Sus avatares, fortalezas, valores y las enseñanzas que nos legaron.

Myriam Blanco-Uribe de Obadía

CAPÍTULO 1

La frialdad de una muerte calculada

Catalina se dio un largo baño, se vistió y se arregló con la calma que le gustaba hacerlo; se acercaba la hora de la cita y quería ser puntual, como él le había exigido. Esa carta tan extraña que recibió de Luis Alfonso a tan pocos días de la boda, la tenía angustiada. En ella le solicitaba acudir el martes a su casa, a las dos en punto de la tarde; subir directamente a su habitación y no distraerse con Susana. El domingo cuando almorzaron juntos, lo notó callado, algo raro en su extrovertida personalidad, sin embargo, no quiso indagar. Ella siempre había sido una persona discreta y delicada. ¿Qué le sucedía a él?... ¿Por qué una carta y no una llamada telefónica?... Su intuición y el desarrollado sexto sentido que poseía, la conminaba a hacer siempre caso a sus presentimientos y esta vez, intuía que algo estaba sucediendo, o por suceder. Una y otra vez se preguntaba: ¿Por qué una carta y no una llamada? Sin embargo, no quiso importunarlo, prefirió esperar hasta el martes, para conocer sus razones y el porqué de su perentoria presencia ese día en su casa, a las dos en punto de la tarde.

Salió de la casa pensativa e inquieta entró a su auto. Recorrió las tranquilas y arboladas calles de la bonita y exclusiva urbanización caraqueña; sólo doce cuadras separaban su casa de la vivienda donde vivían Luis Alfonso y su madre Celina. Él era el único hijo varón de la familia Parra Jugo y siendo aún niño, su padre José Antonio había fallecido. Sus cinco hermanas hacía tiempo se habían casado: Mary, Blanca y Lucina residían en el extranjero; Josefina y Bertha, en Maracaibo, la "capital petrolera de Venezuela" como les gusta denominar a su terruño, los regionalistas marabinos.

Susana, la guajira fiel que trabajaba en la casa, desde que Luis Alfonso nació, le abrió la puerta. Era costumbre en el Maracaibo de esa época, que las familias acomodadas, al nacer un hijo compraran una indígena, para el servicio de la casa. José Antonio, siguiendo la tradición, cada vez que Celina aumentaba la descendencia, sumaba una goajira más, a la servidumbre. Estas recibían un modesto salario y eran muy leales. Los padres goajiros, para asegurar el pan de sus hijas y el suyo propio, las vendían y desaparecían. Susana nunca supo de padre, ni de madre y ni falta que hacía, pues siempre en el hogar de los Parra Jugo, le dispensaron cariño y buen trato. Luis Alfonso era su consentido, ella fue su Tata y cuando era un niño, con amor de madre, le arrullaba con canciones en su lengua Wayú.

La habitación de Celina estaba ubicada en la planta baja, a esa hora y como era su costumbre, dormía la siesta. Los irregulares latidos de su corazón le impedían estar subiendo escaleras, por esa razón las habitaciones de arriba, las ocupaba Luis Alfonso.

Él había instalado un espacioso estudio amoblado al estilo clásico inglés, con un juego "Chesterfield" compuesto por un sofá de tres puestos y dos grandes poltronas en piel verde oscuro. En el centro, una mesa rectangular de madera y en una esquina, la vitrina conteniendo sus colecciones de álbumes, con estampillas de todas partes del mundo, ya que era un aficionado a la filatelia. Las paredes que rodeaban el recinto estaban cubiertas por estantes repletos de libros. Allí, acostumbraba a recibir a sus clientes y amigos, evitando importunar con voces y ruidos, a su madre, a quien respetaba y veneraba. Su dormitorio se ubicaba al final del pasillo.

Luego de saludar a Susana y hablar brevemente con ella, Catalina subió al estudio y al encontrarlo vacío, recordó que, en la carta, Luis Alfonso había escrito: "Sube directo a mi habitación". Anduvo el largo pasadizo y al llegar a la puerta, tocó y esperó. Nadie respondió. Volvió a tocar y después de aguardar unos segundos, giró el picaporte, empujó y entró.

Su cuerpo vestido de smoking yacía en el lecho. Una catarata de sangre salía a borbotones de su camisa blanca, deslizándose sobre los pantalones y goteando en el piso de madera. Una pierna descansaba sobre la cama y la otra ligeramente doblada, se apoyaba en el suelo. Sus pies calzaban relucientes zapatos negros de charol. La cacha metálica de un puñal clavado en su pecho resplandecía por la luz que entraba, tras las rendijas de una persiana. Sus ojos estaban cerrados y en sus labios una mueca de dolor hacía más patética la escena. Catalina, quien no atinaba a gemir o a gritar, permanecía espantada y paralizada, ante semejante horror.

Sobre un escritorio de rojiza caoba, tres sobres separados y con distintos nombres,esperaban...

Temerosa, tomó el que decía "Catalina". Sus manos tan frías como témpanos de hielo rasgaron el sobre, mientras sus ojos dilatados leían:

"Instrucciones para ti, mi querida Cata. Perdona que te haya puesto en semejante situación, pero las circunstancias me obligan a ello. Sé que algún día llegarás a comprender esta terrible decisión y me perdonarás.

1. Por encima de todas las cosas, te suplico que hagas todo lo posible e imposible, para que mi amada madre no llegue a enterarse de lo que aquí has visto; de este drama, de este suicidio, que de saberlo la mataría, dadas sus profundas convicciones religiosas. Di a todos que mi muerte fue consecuencia de un ataque al corazón. Mantenla alejada de cualquier rumor o detalle que pueda filtrarse. Utilicé un puñal y no un revolver, porque el estruendo la hubiera despertado y yo no hubiese tenido coartada, para que tú y mis hermanas pudiesen simular una muerte natural. De este modo, trato de evitarle un sufrimiento mayor e irreparable a mi madre. Como buena cristiana se consolará, pensando que el infarto ha sido un designio de Dios.

2. Inmediatamente llama a nuestros amigos de confianza, que tú bien conoces y sabes del cariño que nos une: Al médico, Alberto Méndez, para que se ocupe del "diagnóstico" y de lo relacionado con lo forense. A Marco Aurelio López, el abogado para que, con la discreción de sus contactos, la "Inspectoría de investigaciones" logre que el Acta de Defunción, declare muerte natural por infarto. Entre los dos, estoy seguro de que harán lo necesario, para que mis deseos se cumplan. Ambos sabrán atender todo lo concerniente a ello.

3. Comunícate con mis hermanas y notifícales lo ocurrido. Hazles saber de mis instrucciones y de lo que dirán a familiares y amistades: "Muerte acaecida por un ataque masivo al corazón". Como bien sabes, ellas llegarán mañana a la celebración de la boda y serán un gran apoyo para ti, en todos estos tristes menesteres y sobre todo, de gran ayuda para mamá.

4. La carta dirigida a mi madre, se la entregas solo en caso de que sea imposible ocultar mi locura. En ella le pido perdón por lo ocurrido y le hablo de las razones que tuve para hacerlo. De lo contrario, te pido que la guardes y se la entregues a mi hermana Josefina, después que mi madre se haya ido al otro mundo.

Así terminaba el trágico memorándum del suicida; sus indicaciones evidenciaban que todo había sido planificado paso a paso. Con una frialdad y un cálculo impresionante, sopesó todos los detalles que una vez cumplidos, impedirían que Celina llegara a enterarse de la verdad de los hechos.

La salud de su madre era muy importante para él, así como también su sufrimiento; por ello, había elegido esa manera tan horrenda y prosaica, pero también valiente, de quitarse la vida. Valiente, porque cuando examinaron el cadáver, encontraron en su pecho dos heridas. Dios y la vida le habían dado la oportunidad de desistir, pero insistió, clavando en su corazón por segunda vez, la filosa hoja del puñal. La profundidad de la segunda puñalada fue la que le ocasionó la muerte.

¿Qué razones tan graves pudieron provocar la terrible decisión, a tan solo tres días da la boda? Sus conmovidas hermanas no encontraban razones para ello. Con angustia y dolor se preguntaban, ¿qué pudo impulsarlo a tomar tan drástica determinación? Estaban seguras de la inexistencia de problemas sentimentales, económicos o de salud. Él estaba profundamente enamorado y de igual manera correspondido. Ambos prometidos estaban ilusionados y entusiasmados con el venidero matrimonio. Problemas económicos no existían, por el contrario, Luis Alfonso era un ingeniero químico exitoso y bien remunerado, por Industrias Pampero, una de las empresas productoras de ron más importantes del país. Además, gozaba de espléndida salud.

En su familia nunca hubo eventos que hiciesen pensar en una predisposición genética al suicidio. Su vida había sido cómoda y tranquila. Integraba un grupo familiar unido por el amor, por los principios sólidos de convivencia, solidaridad y apoyo mutuo. Si bien había quedado huérfano de padre, siendo todavía un niño, ese vacío se había llenado con el inmenso amor que le prodigaron su madre y sus hermanas. Ellas eran cariñosas y consentidoras y él las había amado y respetado. El respeto era muy importante en la familia. Celina siempre sentenciaba: "Lo fundamental en cualquier relación es el respeto. Prefiero que no me quieran, pero que me respeten." Esa máxima la trasmitió a su prole y esta a su vez, a sus hijos.

Luis Alfonso no era un hombre conflictivo, fue amigo de sus amigos, generoso y de muy buen corazón. Sus padres José Antonio y Celina, habían logrado un hogar armonioso, en el que todos los hijos expresaban y demostraban su cariño, del uno hacia el otro. Nunca les había faltado nada; sus necesidades habían estado siempre cubiertas, gracias a un padre trabajador, responsable y emprendedor, que supo invertir con inteligencia y acierto, la mediana fortuna que de sus padres había heredado.

Catalina estuvo dispuesta a cumplir al pie de la letra, cada una de las indicaciones que contenía la carta del suicida. Mujer de carácter, acostumbrada desde el mismo momento en que quedó viuda, —con cuatro hijos varones, adolescentes— a dirigir su vida y sus negocios; no era persona de amilanarse fácilmente.

Luis Alfonso sabía muy bien, a quien escogía para tan dramática tarea. Ella era para él, como una tía y así la quería. Celina no tenía hermanas, ni tampoco su padre, José Antonio. Desde mucho tiempo atrás, cuando ambas vivían en Maracaibo, con sus maridos, socios del Central Azucarero, ellas se habían hecho inseparables. A los pocos años de su viudez, Catalina Paris se radicó en la urbanización "El Paraíso" de Caracas y Celina, después que todas sus hijas se casaron, también se trasladó a la capital y adquirió un inmueble en el mismo lugar.

Una vez que Blanca, quien residía en New York, llegó para la boda, al enterarse de la infausta noticia, se unió a Catalina, colaborando en todo lo necesario, para cumplir los deseos de su amado hermano. "La Gata" apodada así por los ojos verdes, heredados de su padre, era la más enérgica de las hermanas. Por su carácter dominante, autoritario y majestuoso, también se referían a ella como "Catalina la Grande". Se parecía a su progenitor, tanto en sus rasgos físicos, como en lo mandona e inteligente. Con mucha entereza se ocupó de su madre y que todas las hermanas sellaran sus labios, en un pacto de silencio, que duraría todo el tiempo que Celina vivió.

La personalidad, firmeza y valentía de Blanca, fueron necesarias, para que la familia pudiese sobrellevar el sufrimiento de haber perdido a su único hermano, en circunstancias tan dolorosas, como incomprensibles. Y que se mantuviera el secreto sobre los verdaderos hechos, tal como había sido la voluntad de Luis Alfonso.

Celina se empeñó en ir al cementerio, para acompañar a su hijo hasta el final y no se dejó convencer por nadie de lo contrario. En esa época, las mujeres se quedaban en casa, esperando que los hombres regresaran del Camposanto. Celina y sus hijas, fueron las primeras en romper esa tradición. Ellas acompañaron al hijo y al hermano hasta la sepultura. Mucho llanto y tristeza, mucha gente acompañándolas e innumerables coronas de flores, demostraban el aprecio y el afecto que gozaban Luis Alfonso y su familia.

Hasta ese momento, no se supo de ninguna filtración de información. Solamente Catalina, la familia consanguínea, el médico, el abogado y los funcionarios que habían intervenido en el levantamiento del cadáver, estaban al tanto del suicidio y sus pormenores. Sin embargo, ellos todavía desconocían, los motivos de la tragedia. Para las hermanas todo era conjeturas. Se hacía difícil imaginar las causas y las razones que tendría Luis Alfonso para cometer semejante desatino. Sin ninguna duda, el móvil estaría plasmado en las cartas dirigidas a su madre y a su prometida.

¡Todas las instrucciones del suicida se habían cumplido! Ni su novia Luisana, ni la familia de ella, asistieron a los actos fúnebres, por tanto, no hubo ningún tipo de contacto con los deudos. Una actitud por demás extraña, que dio lugar a especulaciones de toda índole, más aún cuando esto sucedía en vísperas de un enlace matrimonial muy comentado en las esferas sociales y en los diarios de la capital. Un evento en el que ya se habían distribuido las tarjetas de invitación y además por el conocimiento que todos tenían, acerca de la estrecha amistad entre las dos familias. Arduo fue responder preguntas de personas impertinentes, sobre dicha situación, ya que la familia Parra Jugo, ignoraba las razones de esa ausencia, siendo esta la primera sorprendida.

Las hijas protegieron todo el tiempo a Celina; eludiendo conversaciones curiosas de las personas que conocían como "parlanchinas". Ellas se turnaban y estaban siempre atentas a las que se acercaban, para darle a su madre, las acostumbradas condolencias.

El comportamiento insólito de los Azpúrua Méndez, había dejado huellas de resentimiento y muchas preguntas sin respuestas. Por supuesto, Celina era la que menos comprendía la ausencia de Luisanna, de Laura, Pedro Luis y Enrique.

— ¿Por qué no estuvieron ni están con nosotras? ¿Qué ha sucedido, hijas mías? No alcanzo a entender y mucho menos a comprender esa ausencia— Interrogaba compungida.

Las hijas trataban de construir respuestas, pero todas ellas tan ajenas de lógica, que no lograban convencer a su madre. Por el contrario, la confundían y turbaban más.

Pasados unos días y por comentario de tercera persona, Catalina se enteró que Luisanna había ingresado al Convento del Sagrado Corazón. Esta noticia, derivó entre las hermanas, variadas especulaciones, pensamientos malintencionados y más reflexiones, optando por no hablar más de lo que tanto les perturbaba. Por su parte, Celina no volvió a nombrar más a Luis Alfonso, tampoco a su prometida y a su familia. En sus plegarias le preguntaba a Dios, por qué se lo había llevado antes que a ella.

Fue muy difícil superar la ausencia de su único hijo varón. El recuerdo de las paladas de arena sobre su ataúd aumentaba su sufrimiento.

Cuando Celina dejó de nombrarlo, sus hijas preocupadas comentaban, si el silencio asumido por ella tendría su razón de ser, al haberse enterado por alguien, sobre la verdad de los hechos. El no referirse más sobre el alejamiento de los Azpúrua Méndez, así como la no asistencia de ellos al velorio ni al entierro, las angustiaba. Recelaban sobre la posibilidad que al recibir la carta encontrada en el escritorio de Luis Alfonso para Luisanna, enviada por Catalina a Laura, una semana después de los acontecimientos, se hubiesen enterado de la verdad y al comentarlo, esto hubiese llegado a oídos de Celina. Temían que su madre, tan profundamente cristiana y apegada a los preceptos de la religión, sufriera más de lo debido. Jamás pudieron confirmar sus sospechas, ni tampoco el por qué Celina, nunca más volvió a mencionar la muerte de Luis Alfonso y mucho menos al dolor de su pérdida. Ella se refugió en la oración y en la comunión diaria.

Después de llevar tres años el traje negro, Celina lo cambió por el blanco y nunca más vistió de otro color. Fue el día de su fallecimiento, siete años más tarde, cuando volvería a pronunciar el nombre de su hijo. En sus últimos instantes de vida, junto a sus hijas, yernos y nietos mayores, alrededor de la cama, hubo un momento en el que su rostro se iluminó con una sonrisa de felicidad y en tono de admiración exclamó: "Luis Alfonso, hijo mío". A continuación, ladearía la cabeza sobre su hombro derecho y expiraría.

Mary, Josefina, Lucina y Bertha, se resignaron y al igual que su madre, encontraron en Dios, el amparo para su dolor. No sucedió lo mismo con Blanca, la más perspicaz de todas las hermanas, a la que no se le escapaban detalles de ningún asunto. Ella imaginaba, suponía, no le daba reposo a su mente y no se conformaba a dar por cierto el hecho. Pensaba que un hombre emocionalmente estable, como su hermano, un ser positivo, optimista, prendado de la vida y feliz de unirse en matrimonio a la mujer que profundamente amaba, fuese capaz de incurrir en semejante atrocidad. ¿Por qué? ¿Por qué iba a cometer semejante insensatez, si estaba viviendo la época más entrañable y exitosa de su vida? Le parecía inverosímil lo sucedido. Su mente se activaba y no descansaba en sus reiteradas interrogaciones.

Catalina era la única persona, con la que desahogaba su perplejidad, incredulidad, dudas y sospechas. Había decidido permanecer en Caracas, el tiempo suficiente para dilucidar sus recelos, sin involucrar en ellos a sus hermanas, para no atormentarlas. Ella y Catalina se reunían en el Estudio de Luis Alfonso, para conversar sobre sus dudas.

—No me convenzo— insistía La Gata, acostada en el sofá verde de piel y arropada con una manta tejida por Celina. — ¡Hay tantas cosas extrañas en todo esto!

—Cata, tengo muchas dudas, las cuales fundamento en las siguientes particularidades, la primera: El hallazgo de las dos heridas en su pecho. Nunca he escuchado, ni tampoco leído, que un suicida al fallar en el primer intento, lo repita. Es más, conozco el caso de un abogado que intentó suicidarse con un tiro en la sien, el disparo no lo mató y no se dio el segundo. Quedó vivo y ahí está, todo turulato, pero con vida. La segunda peculiaridad: El haberse vestido de esmoquin y calzado con los zapatos apropiados, los negros de charol, como si lo hiciera para salir directo a la ceremonia matrimonial. ¡Imagínate!, ponerse el traje, confeccionado por el sastre, que estrenaría la noche de su boda, ¿para suicidarse? ¿Sería que el asesino o los asesinos, que le arrancaron la vida, estarían enviando con ello un mensaje…? ¿A Luisanna o a quién? — Haciendo una pausa e irrumpiendo en llanto, continúa —y la tercera y más insólita de todas, es el silencio de los Azpúrua Méndez.

Blanca, retirando airada la frazada que la arropaba, se sienta y cubriéndose el rostro con ambas manos, trata de apaciguar sus sollozos. Catalina que había permanecido sentada en uno de los sillones, se levanta y con lágrimas en los ojos, camina hacia ella, se sienta a su lado y la rodea con sus brazos. Ambas permanecen abrazadas por unos minutos.

—Y, por último, Cata —le dice Blanca ya más calmada— el misterioso ingreso de Luisanna al Convento. ¿Por qué salió corriendo a esconderse en las cuatro paredes de un monasterio? ¿Por qué no acudió a abrazar el cuerpo exánime, del hombre que amaba? ¿Qué pasó? ¿Existirían razones para huir? ¿Por qué nos esquivan ella y su familia?

—¡Cata! —agregó Blanca atropelladamente—

Y esas instrucciones que te envió en la carta, eso de que llamaras a Alberto y a Marco Aurelio, para que se ocuparan de todo y que "no se filtrara la investigación"

... ¿Los presuntos homicidas, pretendían ocultar un asesinato con un suicidio y a la vez que se simulara un ataque al corazón? ... Todo tan perfectamente estructurado... Me consta que Luis Alfonso siempre fue muy considerado con mamá, la amaba con locura y evitó siempre importunarla o preocuparla. Pero... si como lo afirman los psiquiatras y psicólogos, la depresión es lo que lleva al suicidio ¿Cómo suponer que, en ese estado, una persona planifique paso a paso lo que debe hacerse, para desviar la verdadera causa de su fallecimiento? ¿No te parece insólito? —Enviarte a ti unos días antes una carta citándote, que como me comentaste, mucho te había sorprendido, que no se hubiese comunicado por teléfono, ¡me parece tan absurdo! Supongo, que un suicida se quita la vida en un momento de profunda depresión, ¿no? ... ¿Entonces cómo puede un deprimido programar todo lo que sucedió en este caso? ¡No, no, no lo creo! Suficientes y variadas son las interrogantes existentes en este presunto suicidio, mi querida Catalina.

— ¡Gata! — replicó Catalina, en tono de sorpresa— la carta dirigida a mí, citándome y la que encontré con las instrucciones sobre el escritorio, no eran manuscritas, tampoco los sobres. Igualmente, los de las cartas que supuestamente Luis Alfonso dejó a Celina y a Luisanna. Todo estaba mecanografiado.

Las dos enmudecieron... Catalina se levantó, y caminó lentamente hacia la vitrina que guardaba la colección filatélica de Luis Alfonso, se detuvo unos segundos frente a ella, observando su contenido. Luego tomó asiento en uno de los sillones y rompiendo el silencio, exclamó:

—Después de escuchar tus puntos de vista y sopesar los míos, he llegado a la conclusión, que no son descabelladas tus sospechas. El detalle de las dos heridas me hace pensar que Luis Alfonso pudo haber sido apuñalado. Partiendo de tus argumentos sobre los suicidios, esas dos heridas lucen muy extrañas. Creo también, que el involucrado tenía acceso a la información sobre las amistades de la familia. Conocían mi nombre, la relación con ustedes e igualmente la de Marco Aurelio y Alberto. Más aún, sabían de los problemas cardíacos de Celina. Tal vez fueron varios los involucrados en el crimen.

Ahora no era solamente Blanca la que dudaba, si había sido un suicidio o un homicidio, también Catalina quien afligida, comenzaba a sospechar que el suicidio podría ser un montaje bien calculado, para ocultar el asesinato.

¿Un crimen perfecto? ¿Pero quién o quiénes estarían interesados en desaparecer a Luis Alfonso, y por qué?

CAPÍTULO 2

José Antonio & Celina

∽⟨◯⟩∾

José Antonio Parra Chacín, un hombre de estatura mediana, tez blanca, ojos verdes y mirada penetrante, había nacido en Mérida, una ciudad de los Andes venezolanos que, debido al trato afable de sus pobladores, se le ha conocido como la "Ciudad de los Caballeros".

Cuando nació, sus padres ya eran mayores. Su madre se encontraba en el umbral de la menopausia y su padre, en el de la andropausia. Debido a esas circunstancias, José Antonio fue hijo único.

A la edad de catorce años, quedó huérfano de padre y un año después falleció su madre. A partir de la doble orfandad, quedó al cuidado de dos tías maternas, solteronas, quienes murieron, cuando él había cumplido veinte años. Para entonces, José Antonio había concluido sus estudios de Contaduría Pública.

Una vez que hubo alcanzado la mayoría de edad, decidió vender partes de las tierras que conformaban su herencia y se trasladó a Maracaibo, la capital del Estado Zulia, una ciudad a la que el sol ama con tanta pasión, que le regala ardientes temperaturas, de más de cuarenta grados a la sombra.

Debido a la vigorosa actividad comercial que se desarrollaba en Maracaibo, José Antonio, intuitivo y visionario, imaginó que esa ciudad muy pronto gozaría de una creciente prosperidad, lo que la convertiría en un importante centro económico, gracias a la ubicación estratégica de su puerto, ideal para la exportación y la importación de productos. En estas tierras, comerciantes alemanes habían constituido empresas exportadoras de café y cacao venezolano, a la vez que importaban mercancías de Europa.

Convencido y decidido, José Antonio encaminó sus pasos y su vida hacia esa región, en la que posteriormente, sobre las riberas del Lago —considerado en esa época el más grande reservorio de agua dulce de Latinoamérica— se desarrollaría su más importante industria. Los ricos yacimientos de petróleo atraerían el interés de grandes inversionistas, exploradores y "explotadores" que convertirían a Venezuela en el primer país exportador de petróleo en el mundo.

Maracaibo, la segunda ciudad más importante de Venezuela, tiene en su haber sorprendentes historias de piratas, de entierros de tesoros y de fenómenos meteorológicos.

Durante el siglo XVII y por décadas, incursionaron por el lago, filibusteros ingleses, franceses y holandeses, en busca de botines. Entre los más sanguinarios, se encontraba el inglés Henry Morgan. Cuando las carabelas de estos ladrones del mar aparecían en el horizonte, los frailes franciscanos de un Convento— ubicado para entonces cerca del lago— corrían a esconderse y a ocultar los símbolos sagrados y otros objetos de valor, en un túnel construido para tal efecto. De las persecuciones de piratas, se tejieron varias leyendas.

Al sur del Lago de Maracaibo, ocurre un extraño y alucinante fenómeno, único en el mundo: Un relámpago incesante y perpetuo, acaece en la desembocadura del río Catatumbo, por ello lleva ese mismo nombre. Relámpagos, rayos, truenos y tempestades se enlazan, para maravillar a cualquier espectador. Por su dilatada luminosidad, también se le ha denominado "Faro de Maracaibo", pues permite que rústicas embarcaciones de pesca, puedan navegar en la noche.

Ese inmenso y hermoso lago, por siglos inspiración de poetas, compositores musicales y artistas del pincel, aislaba a Maracaibo de la capital y de algunas ciudades del interior. Quizá por esa coyuntura, sus pobladores se caracterizan por su tenacidad y laboriosidad. Con esfuerzo y empeño lograron que la ciudad prosperara, incluso antes que lo hiciera Caracas, la capital del país. Maracaibo fue la primera ciudad en Venezuela y la segunda en Suramérica, en disponer de servicio eléctrico y de ese logro, José Antonio Parra Chacín, fue parte importante.

Maracaibo también fue pionera en la activación de los servicios de teléfono, tranvías e incluso referencia del cine.

Cuando José Antonio llegó a esa ciudad, contactó a unos parientes de su padre y socios del Central Azucarero; quienes muy bien impresionados por su presencia y personalidad, de inmediato lo colocaron en la oficina de contadores de la empresa. No habría de pasar mucho tiempo, para que la compañía decidiera aumentar su capital. Para ese entonces, José Antonio tenía casi intacta, la suma obtenida por la venta de los terrenos de Mérida. Contaba con los ahorros por arrendamientos de tres viviendas heredadas, además de la casa y unos terrenos que sus tías solteronas, le habían legado. Pensó que había llegado el momento de invertir en la compra de acciones del Central Azucarero, convirtiéndose en el accionista más joven, de una de las industrias más importantes de la región zuliana.

El haberse criado con unos padres no tan jóvenes y el haber vivido con unas tías al borde de la ancianidad, formó su carácter y su temple. Los valores morales y principios cristianos que le habían sido inculcados en su niñez y adolescencia se hicieron más sólidos al quedarse solo y asumir responsabilidades, primero como empleado y luego como accionista de una empresa tan importante. La soledad en un hogar sin hermanos y su orfandad en plena adolescencia, fraguaron una personalidad introvertida y poco dada a complacencias o mimos. Sus metas en la vida eran claras y precisas. Su rectitud de hombre honesto y probo no aceptaba irresponsabilidades de subalternos. Jamás llegó a tratar a alguien de tú, ni siquiera a su esposa y a su descendencia.

Tan pronto hubo alcanzado una posición económicamente estable, decidió contraer matrimonio. Anhelaba dejar atrás la soledad en la que vivía; soñaba con casarse y tener hijos. Su novia de dieciocho años provenía de una buena y respetable familia trujillana, de modestos recursos económicos. Alta y delgada, con ojos del mismo color del firmamento; cabellos dorados como espigas de trigo, Celina Jugo Baptista que así se llamaba, era huérfana de padre y vivía con su madre. Había sido educada bajo estrictos principios religiosos y morales, tal como ocurría en esa época. Muy bien entrenada para ser competente ama de casa, Celina manejaba primorosamente las agujas de tejer, lo mismo que las de bordar y también sabía cortar y coser. En sus modos y ademanes derrochaba dulzura, poseía un alto sentido del respeto y la sumisión que una mujer debía otorgar al esposo. Al año de la unión matrimonial, comenzarían a llegar las mujercitas: Mary, Blanca, Josefina, Lucina y Bertha. Más tarde nacería el único hijo varón: Luis Alfonso.

José Antonio trabajaba con empeño, para ofrecerle a su familia el máximo confort. Su descendencia se había multiplicado y por tal motivo, requería una casa más espaciosa. En vista de ello, compraron un amplio terreno a orillas del lago, en un sector conocido como El Milagro. Allí construyeron una espaciosa vivienda, cercada por rejas negras en hierro forjado, con adornos de hojas y flores al estilo andaluz. Dos altos portones daban acceso a la villa. Salón, biblioteca, comedor y habitaciones desembocaban en anchos corredores, enlosados con mosaicos sevillanos, que daban al patio. En el centro de este, sobre un redondel de mármol, se erigía un querubín de bronce, con las manitas alzadas al cielo.

De su boquita brotaba un chorro de agua, que sonoro caía al piso. Celina había colocado en círculo, pequeñas e iguales macetas de cerámica blanca, con geranios de varios colores. Al fondo, una amplia cocina y escalinatas conducían al patio trasero, donde se ubicaban las habitaciones de la servidumbre guajira. Los techos de doble altura permitían que la brisa refrescara, el interior de los aposentos. Todo concebido como placebo, para aliviar los sofocos del calor de una ciudad, de clima muy caliente.

La biblioteca inmensa, alojaba volúmenes de historia, biografía, poesías y novelas de literatura universal, área que además se usaba como sala de música, donde las hijas y el hijo menor, recibían clases de piano y violín. En ella solían reunirse los amigos melómanos de José Antonio que, como él, se deleitaban con los conciertos ofrecidos por los profesores de música y otros virtuosos. En ese ambiente crecieron sus hijas y Luis Alfonso, su hijo menor. Nunca faltó amor y religión en ese hogar que, con tanto celo, José Antonio y Celina, habían construido.

En sus ratos de ocio, José Antonio escribía poemas que se publicarían en la página literaria del diario local. Su pasión por las bellas artes, se la inculcaría a Celina y a su descendencia. En su nuevo hogar atesoraba obras pictóricas, de consagrados maestros franceses, que había adquirido en Europa. Entre ellas, figuraban Watteau y Corot. Su dilatada cultura la había obtenido, a través de sus constantes lecturas. Los viajes le obsequiaron una amplia visión del mundo, ampliando su universo cultural y sus ideas de avanzada. Como una esponja absorbió todo ello. Su talento era reconocido por todos los que le conocían.

José Antonio no tenía dudas, que los Estados Unidos del Norte significaban progreso y futuro, afirmando que sería su lengua la que desplazaría en importancia, al idioma francés. Con esa convicción, decidió llevar a su familia a estudiar inglés en ese país. ¡Qué visión! En una era sin los alcances informáticos de hoy y, radicado en una región aislada de la capital del país, no solo por el lago, sino por lo incipiente de las vías de comunicación. Era más fácil llegar a Curacao, la vecina isla de las Antillas Holandesas, que a Caracas.

Sus hijas hablaban francés, idioma que aprendieron con las monjas llegadas de Francia en 1889, para fundar el Colegio San José de Tarbes, en Caracas y en el que, hasta el momento, estudiaban internas. Con el propósito ya definitivo, de que sus hijas aprendieran el idioma anglosajón, José Antonio se embarcó con toda la familia en un barco de vapor, con destino a New York, para luego dirigirse a Troy, una ciudad ubicada en las riberas del río Hudson, en donde arrendaría una casa e inscribiría a las jóvenes en el colegio privado de la localidad, "The Emma Willard School". Luego de tres meses en Norteamérica, José Antonio regresó a Venezuela, con el fin de continuar sus actividades empresariales.

CAPÍTULO 3

Una travesía con aires de guerra

El asesinato del Archiduque Francisco Fernando y de su esposa Sofía, a manos de un terrorista serbio, obligó al Imperio Astrohúngaro a declararle la guerra a Serbia. Este hecho, aunado a sentimientos nacionalistas y apetencias expansionistas de potencias económicas e industriales, originarían la gran guerra de 1914, la Primera Guerra Mundial. Aunque fue en el año 1917, cuando Estados Unidos entró en la contienda, el evento forzó el regreso de la familia Parra Jugo, a Venezuela. Con más de dos años de estudios y hablando el idioma, embarcaron en un vapor pintado de color gris. Disimulado entre brumas y olas, la embarcación zarparía desde el puerto de New York, tras largas esperas, debido a los acontecimientos en pleno desarrollo, de la cruenta confrontación bélica europea.

La tarde inoportunamente nebulosa, culminó en una noche tempestuosa y las continuas descargas eléctricas, impidieron dormir a los viajeros. Cruzar el Atlántico significaba prepararse para los mareos, molestias estomacales y también posibles naufragios. Un océano bravío y traidor inspiraba temor y, mucho más, con las condiciones climáticas poco favorables que se presentaban. Las encrespadas olas y el constante movimiento de la nave hacían presentir un no regreso. Miedo, tristeza y añoranzas se entrelazaban en los corazones de las hijas de José Antonio y Celina, derivando también en angustiosa tormenta, por un regreso que no deseaban.

Blanca, impaciente por no poder dormir, intrépida e inquieta subió a la cubierta superior, aferrándose a la baranda de estribor, mientras esta bajaba y subía al ritmo del movimiento del embravecido oleaje. Ensimismada con el estruendo que producía el agua, al chocar con la embarcación e hipnotizada con el color azul oscuro, no vio la ola que inmensa se levantaba y la bañaba. El grito de un grumete la asustó, sacándola de su abstracción y empapada de la cabeza a los pies, corrió al camarote.

Después de largos días de navegación, arribaron al Puerto de la Guaira, en una mañana gris, triste y quejumbrosa, en la que un perezoso sol, dormía sin pensar en levantarse. La atmósfera acrecentaba la nostalgia que sentían por el regreso. De Maracaibo, solo extrañaban a su padre, quien elegantemente vestido, con un traje gris claro y un sombrero Stetson del mismo color, ansioso las esperaba.

A las hermanas Parra Jugo, el regreso obligado por la importuna guerra, les había causado un gran disgusto. Abandonar las deliciosas actividades culturales de New York, por los paseos y conciertos de la Banda Municipal, en la Plaza Bolívar, les parecía un total despropósito. Un retroceso a la fecunda vida, de esos casi tres años. Pues no todo fue estudios, ya que la familia se desplazaba a la cercana ciudad, para regocijarse con lo que esta ofrecía. Después de haber disfrutado de las interpretaciones de la famosa e inigualable actriz francesa Sara Bernhardt, de la voz del gran tenor Enrico Caruso; de las óperas de laureados compositores, en el viejo Metropolitan Opera, de la calle 39 de Broadway y recrearse con exposiciones de colecciones pictóricas y escultóricas del Metropolitan Museum of Art; el cambio había sido sin duda, descomunal.

De las hermanas Parra Jugo, la más rebelde y respondona era Blanca, la segunda de las hijas de José Antonio y Celina. No era bella, pero sus grandes ojos verdes, su alta figura y su porte majestuoso, atraían las miradas. Entretejía sus cabellos color miel, en una larga trenza, que colocaba alrededor de su cabeza, como una corona. Anticonformista, de ideas liberales, había regresado impresionada con los movimientos feministas que agitaban exaltadas discusiones, sobre la igualdad de derechos entre hombres y mujeres, así como el rechazo a la subordinación de la mujer. Estos debates que ella comentaba con sus hermanas escandalizaban sobre todo a Mary, la mayor, a la que Blanca constantemente le criticaba su mojigatería y su fanatismo, al estar siempre metida en la iglesia rezando, ayudando a desvestir y a vestir Vírgenes y Santos, para las procesiones. Los años en la capital del mundo, no había cambiado en lo absoluto su misticismo religioso. Josefina la tercera hermana, llamada familiarmente Josy, era también muy devota, como todas, pero no a los extremos de Mary. De carácter prudente y discreto, escuchaba las discusiones entre una y otra, sin opinar. Inevitables eran los choques de criterios entre la Gata y Mary, por lo distintas que eran en conceptos, gustos y colores. Mary no estaba conforme con el liberalismo que expresaba Blanca; le perturbaba su poco apego a la iglesia y a los santos que ella veneraba. A pesar de sus diferencias y discusiones, Blanca la adoraba, al igual que a todas sus hermanas. Desde niñas eran muy unidas, Celina les había inculcado el deber ser "como los cinco dedos de la mano" así les repetía y así lo fueron siempre.

Lucina, la cuarta, a la que llamaban Lucy, o Luz, dependiendo del momento donde el cariño y la ternura brotan espontáneamente, era la más bella de todas. Sus cabellos dorados enmarcaban un rostro de rasgos perfectos. De tez blanca como porcelana y ojos azules, igualitos a los de su madre, rivalizaba con la belleza exótica de Josy, quien era poseedora de unos ojos color verde mar, glaucos diría un poeta, ya que variaban al verde claro, al aceitunado y al gris, según su estado de ánimo o el color de su indumentaria. Sus cabellos de color castaño oscuro, gustaba peinarlos en pequeños bucles, por encima de la nuca o en cascadas que caían, más arriba de sus hombros. Poseía una elegancia innata y un gusto exquisito para vestir. Ella misma diseñaba y confeccionaba su vestuario y sus sombreros, oficio que había aprendido, con las monjas francesas. De haberse dedicado a ello, hubiese podido ser una importante y famosa diseñadora.

Las cinco hermanas tenían tipos diferentes, no se parecían entre sí y sus vidas futuras, también fueron muy distintas. Mary era muy blanca, de cabellos negros y ojos del mismo color. Cara redonda, con dos hoyuelos en las comisuras de los labios, que le daban cierto aire de ingenuidad ¡y vaya que lo era! Su rostro era bonito, de muchachita buena, incapaz de inspirar un mal pensamiento. Su más profundo deseo era entrar a un convento, para convertirse en monja, pero no terminaba de decidirse. De estatura baja y gordita, se diferenciaba de sus hermanas, todas esbeltas y muy altas, en una época que no era común en las criollas, destacar por la estatura. José Antonio orgulloso comentaba, que esa talla la habían heredado de Celina.

Bertha, la menor de las hermanas, amorosa y sensible, fue la sobreprotegida y consentida de sus padres y hermanas. Siempre tratada como la "hermanita más pequeña". Más tarde, su esposo también la consentiría al igual que sus hijos. Sus hermanas la llamaban la Negra, por su tez morena clara, sus ojazos pardos y sus cabellos castaños. Cuando se convirtió en mujer, su bien formado cuerpo de guitarra y sus moldeadas piernas, paraban el tráfico por donde pasaba; la gente creyéndola española, por su tipo, le gritaban: ¡Olé! Su preciosa y luminosa sonrisa, mostraba unos muy blancos y bien alineados dientes. Además de linda, era carismática, de verbo ocurrente y divertido.

Josefina, Lucina y Bertha, fueron conocidas por su belleza; Blanca, por su rostro interesante, su carácter fuerte y decidido y Mary por bonita, ingenua y bondadosa con el prójimo.

Por su parte Luis Alfonso, el menor de la familia, una vez llegado el término de la adolescencia, fue reconocido "un buen partido" como coloquialmente se dice de un hombre con excelente reputación, reconocida familia y solvencia económica. Alto, atractivo y de pícara sonrisa que ahondaba un hoyuelo en su barbilla. Blanco de piel, cabellos negros, como sus ojos, e irresistible personalidad; era evidente su éxito entre las féminas.

A los diez años, Luis Alfonso quedó huérfano de padre. José Antonio falleció a consecuencia de un derrame cerebral, dejando una importante fortuna en bienes raíces y en acciones de grandes empresas, en las que había sido director. Celina, luego de varios años de pérdidas en el patrimonio heredado, debido a la mala fe de los administradores que se aprovecharon de su falta de experiencia; decidió emancipar legalmente a su hijo, de diecisiete años, para que administrase los bienes. Responsable y consciente de su papel, como único varón de la familia, se hizo cargo de una fortuna un poco mermada para el momento. Gracias a su inteligencia y al buen asesoramiento de empresarios, amigos de su padre, logró recuperar parte de las pérdidas, llevando con eficiencia y dedicación los negocios. Su madre estaba muy contenta de haber tomado esa decisión, por su desempeño y resultados.

Tres años después, Luis Alfonso se enamoró de una cantante y bailarina de flamenco. Una andaluza de origen gitano quien, con apenas dieciocho años, había alcanzado un rotundo éxito internacional. Al igual que la gente de esta etnia, que antes de aprender hablar aprenden los compases del flamenco, Carmela desde niña, cantaba y bailaba. Profesionalmente, tenía tres años haciéndolo, en diversas ciudades de España y del mundo. Luis Alfonso la había conocido en un cabaret de moda en Caracas, donde con gran resonancia, presentaba su espectáculo. Su padre era gitano y había sido un afamado torero; su madre una madrileña de clase media alta, había enloquecido de amor por el apuesto matador y a pesar de la férrea oposición de la familia, se casó con él. La pareja procreó tres varones antes de que naciera Carmela, la menor y única niña. Su padre, después de gozar años de triunfos y glorias, una mala tarde, al momento de rematar la faena con la espada, el toro que había salido traicionero lo corneó. Una herida profunda en el muslo izquierdo obligó al cirujano a amputarle la pierna, quedando en una silla de ruedas para siempre.

Lo que al principio parecía ser una simple atracción física entre Carmela y Luis Alfonso, se convertiría en una larga relación. Ni su madre, ni sus hermanas, estaban enteradas de sus aventuras con la española. Fueron sus amores un secreto muy bien guardado. En aquellos tiempos llenos de prejuicios, una cantante y bailarina, no era bien vista como novia de un señorito; así fuese una santa, en su frente siempre tendría tatuado el letrero del "escándalo". Para Celina, una mujer de la época, recatada y apegada a las normas que regían la sociedad, hubiese sido bochornoso tener de nuera a una gitana, cantante y bailadora. "Pecados" que impedían, la unión en matrimonio de la andaluza, con un joven de familia conservadora.

Ella había nacido hermosa, con un increíble talento y gracia para cantar y bailar. Sus modales y buena educación habían sido inculcados por su madre. Una vez que su familia agotara los ahorros del torero, ella comenzó a trabajar en los tablados. Le gustaba hacerlo, lo llevaba en la sangre por su abuela paterna, quien se había destacado como estrella del flamenco. Por sus amoríos con Luis Alfonso, Carmela tenía graves problemas con Antonio, su hermano mayor. Un gitano belicoso, apegado a las leyes que rigen las comunidades gitanas. Cuando su padre organizó la compañía de cante y baile, con los últimos ahorros de su carrera, como matador, ella era menor de edad y Antonio, además de ser el guitarrista principal, era su representante.

Dentro de las tradiciones gitanas, una muchacha soltera no debe "andar suelta y por su cuenta", sino acompañada de un familiar y debe mantener su virginidad, para casarse con un gitano. Apenas Antonio se enteró de los amoríos con Luis Alfonso, tuvo una fuerte discusión con ella y desde entonces, jamás vería al amante de su hermana, con buenos ojos. Sentía por Luis Alfonso un rencor visceral. Furibundo, dio cuenta a sus padres de lo que ocurría. Carmela lloró y con vehemencia reclamó el mismo derecho, que había tenido su padre a enamorarse de una "paya". Su padre al casarse con su madre había violado todas las reglas. Frente a sus protestas, lágrimas y reproches, no pudieron sus progenitores imponer reparos, al enamoramiento de su niña consentida. A partir de ese momento, el hermano no se cansaría de repetirle con enojo, que Luis Alfonso, nunca se casaría con ella. El gitano sentía vergüenza del comportamiento de Carmela quien, burlándose de las costumbres, se relacionaba con un "payo". Para su única hermana, había soñado un matrimonio que cumpliera con las tradiciones, que el torero había roto. Una fastuosa boda con un joven gitano, con la prueba del pañuelo, hecha por la "ajuntaora", quien, en presencia de las testigos, comprobara, por las manchas de sangre en el pañuelo, la virginidad de su hermana. Ya no habría alborozo en la familia, ni el canto del "alboreá" celebrando la legitimidad de la unión con un gitano. Antonio se negaba a aceptar la situación de amante de Carmela, con un hombre que no perteneciera a su etnia y se culpaba a sí mismo, por no haberla cuidado con más celo, para que eso no sucediera.

Luis Alfonso, era fiel a su amante. La amaba, estaba enamorado. La atracción y la pasión incontenible eran mutuas. Especialmente en una edad en que las hormonas de ambos bailaban al mismo ritmo. Él se daba sus escapadas para verla en algún lugar donde se presentaba. Todos los años, el reencuentro de Navidad y Año Nuevo, sucedía en Caracas, pues ella estaba contratada, para la temporada de fiestas. Muchas veces Luis Alfonso, estuvo a punto de legalizar la unión, sobre todo, cuando nació su hija, Marina. Sin embargo, la relación le generaba un gran conflicto emocional. Adoraba a su gitana, pero también pensaba en su madre, a la que nunca le había causado disgustos y a ambas, les debía consideraciones. Su gran preocupación de no imponer a Celina, situaciones no aceptables para ella, le provocaba una profunda angustia. Lo mismo que mantener oculta su relación, evitando exponer a Carmela, a las murmuraciones y comidillas de una sociedad con implacables prejuicios.

Carmela, una mujer inteligente, estaba al tanto de las circunstancias y por ello, jamás lo había presionado exigiéndole matrimonio. Tampoco él, nunca le había pedido que abandonara su carrera. Juntos compartían momentos muy felices, se respetaban y existía confianza del uno hacia el otro. El respeto humano a esa sociedad convertía en quimérico e irrealizable el enlace, sobre todo por su madre. Luis Alfonso no avizoraba solución al conflicto, cuando un día Celina le pidió que la acompañara a un viaje a Francia, junto a los Azpúrua Méndez.

La amistad de esta familia con los Parra Jugo databa de largos años. Celina y Laura Méndez de Azpúrua, a pesar de la diferencia de edad, eran muy amigas.

Ambas habían nacido en Trujillo, una ciudad de la Cordillera Andina venezolana. Sus padres se habían querido y tratado por generaciones y tenían un lejano parentesco. Por ser Celina un poco mayor que Laura, esta como buena andina, escuchaba y acataba sus consejos. Se prodigaban un gran cariño, consideración y respeto. Posteriormente al matrimonio de Celina y su traslado a Maracaibo, Laura y su familia, por motivos comerciales, se radicaron en Caracas. Luego de unos años en la capital, Laura conoció y se casó con Pedro Luis Azpúrua Mijares, un ingeniero caraqueño, que había iniciado su carrera y fortuna, construyendo viviendas, en la exclusiva urbanización residencial, El Paraíso. De esa unión, nacieron dos hijos: Luisanna y Enrique.

Por vivir en diferentes lugares, las amigas tenían un tiempo sin verse, pero no habían perdido el afecto ni el contacto epistolar. Cuando Luisanna vino al mundo, Celina y Luis Alfonso viajaron juntos a Caracas, para estar presentes en tan feliz acontecimiento. Para Celina, había sido un gusto y un deber estar con Laura, en un momento tan especial. Más tarde y gracias al posterior cambio de residencia de Celina y de su hijo a la capital, la amistad se transformaría en una hermandad.

Luis Alfonso tenía doce años y fue esa la primera vez que tuvo en sus brazos a Luisanna, la recién nacida que, con el paso de los años, se convertiría en su gran amor y en la gran tragedia que impactaría para toda la vida, a los dos grupos familiares.

CAPÍTULO 4

Blanca & Ernesto

∼◦◦∼

Luego de haber regresado de los Estados Unidos, Blanca se obsesionó con la idea de volver a vivir en ese país. Al llegar a Maracaibo, retomó sus clases de música, con su anterior profesor: Ernesto Boada, un ciudadano colombiano, nacido en Bogotá. Hombre culto, de buen porte, respetuoso y refinado —como suelen ser los bogotanos— y sin bienes de fortuna. Sus ingresos provenían de los honorarios recibidos por las clases de piano y violín, que dictaba a los hijos de conocidas familias en la ciudad. Blanca al igual que él, sentían una profunda vocación por la música y desde el principio hubo una gran empatía entre ambos. El reencuentro, después de más de dos años sin verse, aumentó el interés entre ellos. Si antes no hubo otra conversación que lo referido al pentagrama, ahora cruzaban otros temas no vinculados a la música. La Gata le contaba lo maravillosa que había sido su experiencia en la tierra de la libertad y la ilusión que tenía de volver, para residenciarse en New York.

Él se deshacía en halagos por sus progresos en el piano. Ella había continuado con sus clases en Troy y le hablaba sobre la estricta profesora alemana que había tenido.

—Señorita Parra, —con cierta emoción afirmaba el tímido profesor pasando una hoja de la partitura— si se propone, llegará a ser una gran concertista. Me asombra su dominio de la técnica y su gran sentimiento al interpretar. Ella halagada sonreía, mientras en su mente sembraba la idea de esa posibilidad, para lograr independizarse, rompiendo las amarras de su padre y no depender de nadie, sino de ella misma. Comenzó entonces a madurar dicha opción, como un paso a la fama y a la residencia en Norteamérica. Por ello, cada día se esforzaba más en las prácticas de piano, aumentando las horas de estudio.

Los dos, profesor y alumna, percibían que el sentimiento y la simpatía entre ambos eran mutuos, pero callaban. Ella por recato esperaba, pero entretanto, en su cabeza se iban tejiendo decenas de planes. Una tarde para recibirlo, se vistió con un traje que segura estaba, le quedaba muy bien; le lucía por su color verde césped, resaltando el color de sus ojos. Luego de los saludos de rigor, iniciaron la clase y en el primer acorde, un Ernesto impaciente, deslizó su mano por encima de la de ella y mirándola a los ojos, en voz muy baja exclamó: —Está preciosa.

Ella clavó sus ojos de gata en los de él y en un instante, sin pronunciar palabras, solo con la mirada, alumna y maestro se declararon su amor, entre claves, bemoles y corcheas.

Esa relación causó un gran revuelo en la familia y un gran disgusto a su padre. Blanca siempre segura de sí misma y decidiendo su vida sin ningún temor, anunció su romance y la próxima visita de Ernesto Boada, para pedir su mano y convenir la fecha de la boda. Una sorpresa desagradable para sus padres. Un gran disgusto que jamás imaginaron.

— ¿Casarte con un profesor de piano? ¿Con un inmigrante pobretón? —rugía la voz de José Antonio— ¿Qué puede ofrecerte? ¿De qué vivirán?

Respondona a los argumentos de su padre y desafiando su autoridad, contra viento y marea, tal como lo imaginaron sus hermanas, la Gata se salió con la suya. Sus padres no tuvieron otra opción que celebrar el matrimonio y darles de regalo, una generosa suma de dinero.

Emocionalmente, José Antonio quedó muy golpeado. Deseaba ver a sus hijas casadas con venezolanos emprendedores. Jamás le pasó por la cabeza que una de ellas, se casaría con alguien que no pudiera brindarle las comodidades a la que él las había acostumbrado. Ni imaginó que pudiese perder el control que siempre había tenido sobre sus hijas. A solo cuatro meses de esa boda, sufrió un derrame cerebral y murió.

Luego del enlace, la pareja se fue a vivir a New York, trabajando él como pianista en la orquesta de un centro nocturno de moda, el Roseland Ballroom. Blanca, gracias a sus credenciales trilingües, su talante, su labia y su estrecha amistad con la sobrina del Cónsul, logró ubicarse en el Consulado de Venezuela.

Con la destreza con la que dominaba las teclas del piano, igualmente aprendió a dominar el teclado de la máquina de escribir marca "Underwood" ya que en las tardes tomaba clases de mecanografía, taquigrafía y redacción. A menos de un año, se convirtió en la mano derecha del funcionario consular, ganando un apetecible salario. Su fuerza de voluntad no conocía límites. Con verdadero ahínco y disciplina, la Gata se dedicaba en las noches, a la práctica del piano. Ese esfuerzo, le brindó la oportunidad de ser invitada a varias temporadas de conciertos en el Carnegie Hall. Derrochando conocimiento, prestancia y sentimiento, interpretó a Beethoven, Mozart y Bach. La noche de su debut estaba tan emocionada, al verse por primera vez frente a un numeroso y exigente público, que por poco pierde el alma entre los entresijos de las marfileñas teclas del piano de cola. Vestida con un traje largo, de terciopelo negro, su alta figura se agigantaba en la banqueta, mientras sus largos dedos se agitaban revoltosos o serenos de acuerdo con la partitura, recorriendo con maestría el pentagrama. Fue una gran noche para los Chatitos, como se llamaban siempre, el uno al otro. Felices escuchaban los aplausos con los que el público la homenajeaba. Un conocido crítico, hizo una hermosa referencia de su arte, en un importante diario citadino. Ernesto la seguía alentando a ser una concertista famosa. No llegó a la celebridad, pero sí a ser reconocida por un público fiel a sus presentaciones.

A Ernesto nunca le faltó trabajo. Estaba considerado un excelente músico, además del violín y el piano, también tocaba todo instrumento musical de cuerdas. Varios años después, cuando en New York se puso en boga, la orquesta del famoso músico cubanoespañol

Xavier Cugat, fue contratado para tocar con ellos. Cugat lo apreciaba como músico y como persona. Blanca se retiró del trabajo y de los conciertos, pues deseaba pasar una larga temporada en Caracas, con su madre. En esos momentos, comenzaba a consolidarse la televisión en Venezuela. Una vez llegados a la capital, Ernesto firmó un jugoso contrato con un canal de televisión para dirigir un programa de música de cámara. Programa que se trasmitía una vez a la semana. Resultó exitoso y se mantuvo en el aire por varios años. Fue auspiciado por la empresa petrolera norteamericana, "Creole Petroleum Corporation" que, para entonces, operaba en Venezuela.

Ernesto siempre fue un esposo fiel, amable, amoroso y paciente, con la dominante Gata. Se hacía querer de todos los que le conocían, por su amabilidad y sonrisa permanente. Con toda la familia se llevaba bien. Las sobrinas de Blanca lo llamaban "Tío Boada" y desde que lo conocieron, se encariñaron con él. Blanca y Ernesto fueron toda su vida, una pareja de bohemios felices. Amaban la música, la familia y la vida que juntos compartían. No tuvieron hijos, la Gata fue la única de las Parra, que no tuvo descendencia. Igualmente ella fue una esposa tierna, solidaria y muy amorosa con su Chatito.

CAPÍTULO 5

Josefina & Ralph

A solo tres meses del matrimonio de la Gata, se vistió de novia Josefina, a quien sus hermanas llamaban Josy. Romántica y emotiva, desde niña se extasiaba con los cuentos de hadas y princesas y en su adolescencia con los poemas de Rubén Darío. De la misma forma la embelesaban los versos de José Asunción Silva, el atormentado poeta colombiano, que se suicidaría a los treinta y dos años. Asimismo, amaba la ópera y cantaba las arias que más le gustaban. De fértil imaginación, se sentía Violeta al entonar el brindis de "La Traviata" y Carmen, la provocativa gitana, cuando cantaba "El amor es un pájaro rebelde" de la ópera francesa "Carmen".

Con la misma emoción que lloraba de tristeza, lloraba de alegría. Los aplausos en el teatro o en cualquier acto, en el que se le rindiera homenaje a alguien, la conmovían tan profundamente, que le producían cataratas de lágrimas y hasta sollozos. Algo que nunca pudo explicarse, el porqué su alma se agitaba, como si las ovaciones fuesen para ella.

Le preguntó a su madre si la respuesta estaría en la posibilidad de la existencia de la reencarnación, de haber sido en una vida anterior, alguna famosa cantante de ópera o poetisa. Celina disgustada le respondió que dejara de preguntar disparates, pues la reencarnación, era solo una fábula inventada por ateos.

Ralph Valentín Tuero, el norteamericano, ingeniero petrolero y ejecutivo de la "Mene Grande Oil Company", con sede en Maracaibo, estaba recién llegado a Venezuela y no hablaba español. Por ese motivo, Don Juan París, el socio y amigo de José Antonio, se los presentaría a ella y a sus hermanas. Conocía muy bien a los abuelos y padres de Ralph y lo llevó de visita, para relacionarlo. Su familia procedía de tierras españolas y desde varias décadas atrás, se había residenciado en Tampa. Desde entonces, se dedicaron a la fabricación, venta y exportación de tabacos. Tenía veinticinco años, un generoso sueldo y un brillante presente y futuro.

En el encuentro de la exótica soñadora Josefina y el tímido joven estadounidense, hubo un flechazo certero, que dio en el blanco. Atractivo como un actor de Hollywood, de un metro noventa de estatura, tez blanca, cabellos negros y abundantes, ojos igualmente negros enmarcados por espesas cejas, él fue el único novio de Josy. Una vez comprometidos, Ralph contrató la construcción de la "guarida de amor" en la que vivirían toda su vida. Una vez concluida, se casarían con el beneplácito de Celina y José Antonio, que habían encontrado en él, todo lo que aspiraban como esposo, para una hija.

La vivienda estaba rodeada de un hermoso jardín, donde Ralph sembró semillas de frutos criollos, que con el tiempo los surtirían de zapotes, nísperos, mamones, lechosas y aguacates. Y Josy, que adoraba las flores, plantó trinitarias de distintos colores, cubriendo los muros exteriores. También sembró cayenas, gardenias y rosas. Como ambos amaban los pájaros, colocaron inmensas pajareras con turpiales, cardenalitos y canarios. Un aljibe recogía las aguas de lluvia, para el regadío. Románticos y enamorados, al caer la tarde acostumbraban a mecer sus amores en un ancho columpio de hierro con respaldar, comentando las últimas noticias de la ciudad.

Construyeron un mundo de amor para los dos, complementado con el nacimiento de sus dos hijos: Ralph, al que siempre llamaron Chiche y Lilly. Ralph nunca le perdonaría a su hijo, el haber abandonado su carrera de economía en los Estados Unidos, para casarse sin haberla concluido, con una compañera de estudios, de origen norteamericano. Nunca quiso a su nuera, a pesar de ser ella una excelente mujer: inteligente, educada, con un gran corazón y profesional. Tácitamente la culpaba del abandono de los estudios, de su hijo. En cambio, siempre estuvo embelesado con su hija Lilly, una niña preciosa, inteligente, vivaz e inquieta. La mimó y consintió demasiado, acostumbrándola a ser el centro de atención, de todos los que la rodeaban. Era la reina y todos debían doblegarse a sus caprichos. Lilly se habituó a que el mundo estaba obligado a complacer todo lo que se le ocurriera. En su vida adulta, sufrió las consecuencias de ello: tanto mimo y complacencia obstaculizaron su futura felicidad.

Bella, alta como su padre y facciones similares a las de él, se destacaba, no solo por su atrayente tipo, sino también por su simpatía e innato encanto. Segura de su poder, "se metía en el bolsillo" a los que la conocían, enamorándolos sin esfuerzo alguno, con su carisma. En su adolescencia fue el terror de sus primas, las hijas de Bertha, sobre las que ejercía gran influencia, por ser mayor que ellas.

Lilly era de un tremendo caótico, como Tarzan se trepaba a los árboles, brincando de rama en rama y de allí al techo de su casa, en donde se escondía, cuando cometía alguna tremendura. Fue mordida por un mono que entró al jardín, por los espacios del portón enrejado. Perseguido por ella y una vez atrapado, furioso la mordió. Sus primas le temían por sus ocurrencias y a la vez se deslumbraban con ella y con todo lo que les decía, pues se la daba de sabionda y era divertida. Cuando Lilly algún fin de semana se quedaba a dormir en la casa de ellas, hacían fiesta, oyéndole sus cuentos hasta que el sueño las rendía.

En una Navidad, luego de la cena familiar en la casa de los tíos Bertha y Mario, las dos hermanas y sus maridos se fueron juntos al baile del club que comenzaba a las diez de la noche. En esa ocasión Lilly se quedó a dormir con las primas.

—No se vayan a la cama temprano, quédense despiertas. Hay que esperar que llegue el Niño Jesús, para que lo conozcan, cuando les deje los regalos debajo del arbolito— les dijo a las primas con suficiencia de profesora.

Ellas ingenuas y sin malicia alguna, juraban que verían bajar al mismo Niño Dios y emocionadas aguantaron el sueño, hasta cerca del amanecer. Y así fue como las dos niñas, Ileana de ocho años y Norma de seis, hijas de la Tía Bertha y el tío Mario, se enteraron de que el Niño Jesús, era su papá.

Cuando Lilly visitaba a sus primas, la tía Bertha insistía en que jugaran en la última habitación, que se encontraba vacía de muebles. En la pared, colgaba una enorme fotografía color sepia, cubierta con vidrio, y enmarcada, representando al abuelo José Antonio. A Lilly le inspiraba aprehensión la imagen, por la mirada adusta, que parecía reprender, las cejas espesas y el abundante bigote; pero, sobre todo aumentaba su temor, el saberlo muerto. En esa habitación Lilly se apaciguaba y se abstenía de cometer diabluras. Más tarde Bertha, haría lo mismo con sus hijos menores, todo varones, a los que llamaba, "Los cuatro jinetes del Apocalipsis" dado el carácter tumultuoso y aguerrido de su prole. Ante esa imagen severa, que todos respetaban, los juegos no remataban, en batallas campales.

Aunque rebelde, peleona y terrible, Lilly era de una generosidad sin límites. Le encantaba regalar. Si alguien le decía: "¡Qué bello ese collar!" o cualquier otra cosa que llevara puesta, ella preguntaba: "¿Te gusta?" y sonriendo se lo quitaba y entregaba. Nunca tuvo conciencia de su hermoso físico. Bella e indomable, también era extremadamente posesiva. Su esposo la adoraba, pero no pudo aguantarla. Ya divorciada, tuvo un accidente automovilístico y quedó postrada en una silla de ruedas.

Nunca se quejó de ello, jamás se refirió a esa desgracia, que no le impediría seguir haciendo lo que le venía en gana. Cuando se enteró que su exmarido tenía novia y la llevaba a cenar o a bailar a los sitios de moda; furiosa, creyéndose todavía dueña de su vida, salía acompañada de su chofer y su enfermera a buscarlo, recorriendo los centros nocturnos, hasta dar con su paradero. No podía aceptar que él volviera a enamorarse.

CAPÍTULO 6

La niña Luisanna

A los trece años, Luisanna descubrió que su corazón se aceleraba con la presencia de ese apuesto joven de veinticinco años, al que había tratado desde siempre como un hermano mayor. Aquel buen mozo, que cuando era niña, la apodó "muñequita de trapo". El "Afoncho" como le llamaba ella y que, con mucha paciencia, le había enseñado las primeras letras. El mismo que se burlaba contándole los feos espacios, que la caída de sus primeros dientes, había dejado en su boca. Desde su temprana infancia se había acostumbrado a su presencia, dada la amistad fraternal y cercana vecindad de tantos años que tenía su madre Laura, con Celina, la madre de Luis Alfonso.

Desde que sintió aquellos apresurados e inesperados latidos en su adolescente corazón, suspiraba dibujando en sus cuadernos escolares, corazoncitos atravesados por flechas. En el centro de ellos colocaba las iniciales de ambos: Las dos eles enlazadas.

Durante las clases, mientras la monja explicaba, Luisanna se abstraía pensando en Luis Alfonso. Desde entonces, se aficionó a los programas de radio, especialmente a los de música romántica y a los boleros, aprendiendo sus letras en los cancioneros que mandaba a comprar en el mercado. Leía poesía en los libros que encontraba en la biblioteca de su casa y sus muñecas eran las únicas confidentes de su amor secreto. A los trece años, aún hablaba con ellas y creía que el Niño Jesús era quien llenaba de regalos el árbol de Navidad. Ilusión y fantasía se conjugaban en ese loco corazón enamorado, para soñarse vestida de novia con un traje blanco en raso de seda, vuelos de encaje y larguísima cola. Su cabeza adornada con una tiara de diminutos diamantes y sobre ella, un fino tul velando su rostro. En sus manos, un buqué de rosas blancas cayendo en cascadas hasta la mitad de su largo traje. Percibía el aroma que se desprendía de ellas, mientras oronda caminaba del brazo de su padre, por el pasillo central alfombrado en azul y adornado por una hilera de velones y lirios blancos. La misma iglesia en donde también vestida de blanco, recibiera la Primera Comunión, como católica, apostólica y romana. Sonriente, dirigía sus pasos al encuentro del amado, quien amoroso la esperaba, enfundado en un elegante frac. Con apenas trece años, imaginaba... soñaba dormida y despierta, su boda con Luis Alfonso.

Luisanna derrochaba alegría, sensible y maternal adoraba a su hermano Enrique de cuatro años al que, con el vaivén de una mecedora, dormía en sus brazos cantando los boleros que se sabía de memoria.

A veces Laura se asustaba, con las letras de las canciones que entonaba, por no parecerles apropiadas para su edad, como una cuya letra rezaba:

"…Soy tu refugio de amor mis besos yo te daré, haré lo que quieras tú, mi dulce querer…No me vayas a engañar di la verdad, di lo justo a lo mejor yo te gusto y quizás es bien para los dos."

—Laura, no te das cuenta de que se la pasa escuchando radio todo el tiempo —le decía Pedro Luis tranquilizándola—. Le gusta cantar y te aseguro que ni se da cuenta del significado de las letras de los boleros. Tranquila mi amor, es todavía una niña.

Luisanna, siempre cariñosa y querendona, sentía una profunda ternura por los ancianos y los niños; para ella eran los seres más frágiles del mundo. Así consideraba a los ancianitos del asilo, donde algunas veces acompañaba a Laura y a Celina, quienes periódicamente los visitaban y económicamente colaboraban con la Fundación que los atendía. Le atemorizaban los perros y los gatos o cualquier otro animal. Definitivamente no le gustaban, sentía miedo cuando alguno se le acercaba y no se atrevía ni a tocarlos. Detestaba a los insectos y no entendía por qué Dios, había creado a esos animalejos tan horribles como las cucarachas.

Como no conocía abuelos, ya que habían muerto mucho antes de que ella naciera, a la edad de cuatro años adoptó a los padres mayores de unas vecinas solteronas, amigas de su madre. Los llamaba Papá Juan y Mamá Sara. Ellos estaban encantados con la nieta que les había caído del cielo. La querían entrañablemente y la veían todos los días. Cada tarde, Luissana estaba pendiente de la hora en la que su papá Juan regresaba de la empresa, para visitarlo. Siempre generoso la recibía con algún juguete, caramelo o libro de cuentos. Su desaparición física, cuando ella tenía nueve años, la dejó desolada; fue la primera y terrible sensación de pérdida, su primer sufrimiento y sus primeras lágrimas de pena. Lo lloró por mucho tiempo. Laura abrazándola y consolándola le decía:

—Mi amor, tu papá Juan se ha ido al cielo. Desde allí seguirá amándote y estará siempre pendiente de ti. Reza mucho por él.

Ella exploraba el firmamento, buscando encontrarlo en las nubes dibujadas en formas de siluetas.

Fue tanto el amor que Don Juan sintió por esta nieta postiza que, al morir, en su testamento le legó una importante suma de dinero que, con el tiempo, generaría intereses, multiplicando el legado. Al correr de los años, luego de su propia tragedia, Luissana la utilizaría para rehacer su vida, huyendo a Europa, América, Asia, África y Oceanía.

Una tarde, mientras Luisanna se encontraba estudiando en la biblioteca para un examen escolar, escuchó a Celina de visita en su casa, decirle a Laura.

—Luis Alfonso se va a Boston a cursar un postgrado en ingeniería química. Está feliz y emocionado con su próxima partida.

En ese instante, sintió el crujido de sus ilusiones rotas y la certeza que él no se fijaría jamás en ella como mujer, sino como la muñequita de trapo, la párvula de trece años. Se había hecho la ilusión que, al tenerlo cerca, él podría enamorarse de ella. Y ahora se iba tan lejos… Su corazón sintió un latigazo, por lo "feliz y emocionado" que Luis Alfonso estaba. ¡Qué decepción y qué dolor!

Fingiendo un dolor de cabeza, se encerró en su habitación y no quiso cenar. Fue una lenta e interminable noche, deshojada de horas como árbol de otoño. Noche oscura de silencios, solo interrumpidos por el quejido de sus lágrimas que asustadas corrían empapando su almohada. Fue la primera vez que supo, lo que era el insomnio. Convencida de la imposibilidad que él se enamorara de ella, despechada lo imaginó regresando enamorado y sonriente, del brazo de una desteñida norteamericana.

Persuadida por ese pensamiento, se prometió a sí misma, arrancar de su alma ese sufrimiento y dejar de soñar. Borrar de su corazón esa quimera, que solo podría causarle dolor y ninguna alegría. Sus sollozos se prolongaron hasta el amanecer, convirtiéndola en mujer.

No volvió a verlo hasta tres años después, en un viaje a Francia, unos días antes de cumplir los dieciséis años.

Luis Alfonso acompañó a su madre, al viaje organizado por los Azpúrua Méndez a Paris y a la región de Borgoña. Navegaron por sus canales, surcando cauces y trayectos de cientos de kilómetros, en una GabarraHotel cinco estrellas. Y en esa gira gratamente emotiva, él se enamoró inesperadamente de Luisanna.

Desde su viaje a Boston, no se habían vuelto a ver. Al encontrarla convertida en toda una mujer, Luis Alfonso quedó sorprendido. En la diaria cercanía de ambos, su corazón quedó atrapado en los encantos de la joven dama. Estuvieron juntos mañana, tarde y noche, disfrutando los diferentes programas pautados: Un día en Dole, visitando la casa y museo Pasteur, otro en Besanzon admirando La Ciudadela, otro en Dijon, transitando la historia de siglos de la región, en su Museo de Cera. Mientras paseaban, Luis Alfonso se deleitaba con su inteligencia y madurez, con su espontaneidad, su alegría de sentir y vivirlo todo. Durante el recorrido por la carretera, rumbo a la ruta del vino, Luissana se regocijaba con el espectáculo de cientos de resplandecientes girasoles cimbreños, que flanqueaban cada lado de la vía.

—¡Miren! Los redondos rostros de pétalos sonríen, haciendo guiños y esperando aplausos— emocionada exclamaba, mientras todos reían por sus observaciones.

Cuando llegaron a la primera bodega, un estirado enólogo los esperaba, para mostrarles el arte de la elaboración, conservación y almacenaje del vino. Terminadas las explicaciones del conocedor, un especialista con desbordante simpatía les mostraría las tres fases de una cata: La visual, la olfativa y la gustativa. Una vez concluida, los acompañaría a caminar los senderos entretejidos de trepadoras uvas. De allí continuarían el trayecto hacia otras cavas.

Entre canales, paisajes, pueblos y viñedos, crecía el desconcierto e inquietante apasionamiento de Luis Alfonso por la otrora "muñequita de trapo" quien, hasta entonces, solo le había despertado ternura de hermano. Se sintió complacido y cómodo junto a ella. Pensó en lo prematuro que sería una declaración de amor, que sólo podría sorprenderla o asustarla, creándose él otro conflicto. Alejarse de ella y no alimentar esos sentimientos era la decisión que debía tomar.

La Garraba-Hotel amarraba cada tarde a las seis, en un pueblo diferente. A las ocho de la noche todos vestidos con ropa casual pero elegante, se reunían en la sala a la hora del cóctel. Mientras paladeaban el exquisito caviar que les era ofrecido, comentaban sobre las impresiones del día. A gusto de cada uno se servía vodka, champagne o vino blanco seco. Para cenar, el propio chef entregaba el menú escrito a mano en una cartulina de diferente color, cada noche. Todos comentaban acerca de lo difícil de la elección, entre tantos manjares. Después de cenar, el grupo constituido por Pedro Luis, Laura, Luisanna, Celina y Luis Alfonso, se sentaban en la cubierta a conversar o bajaban a caminar por las calles del pueblo.

—Un viaje relajante —comentaba Pedro Luis a Celina.

Contaba la Gabarra de cuatro lujosas habitaciones con baño privado, sala, comedor, cocina, dependencias de servicio y la cubierta que servía de terraza. La atención era impecable, además los desayunos, almuerzos y cenas, excelentes. El chef salía temprano en la mañana a comprar el pan recién horneado; los quesos en sus diferentes variedades y las frutas para elaborar las mermeladas. Él iba al mercado del pueblo a obtener todos los ingredientes frescos para la elaboración de sus platos. Una vez concluido el itinerario de Borgoña, el grupo se trasladó en tren a Paris. Allí celebrarían los dieciséis años de Luisanna, con una pequeña fiesta en el Hotel Ritz, donde se hospedarían por una semana, antes de regresar a Caracas.

Después de algunos días de cavilaciones y de analizar su situación emocional, Luis Alfonso decidió regresar a Caracas, vía Madrid. Necesitaba poner punto final a la relación con su amante. Intuía que no sería fácil; él había amado con locura a la gitana, con ella había compartido momentos inolvidables y tenían una hija. La distancia no había logrado apagar el fuego que sentía el uno por el otro. Sin embargo, este viaje con la presencia de Luisanna, cambiaba repentinamente sus sentimientos hacia ella. La intención no era romperle el corazón a la gitana, pero tenía que hablarle de Luisanna y de lo que había despertado en él, como hombre. Expresarle la zozobra que sentía al alejarse de ella. No sería capaz de engañarla, cuando en su corazón, ese amor se apagaba. Carmela tenía derecho a rehacer su vida, era joven y bella, ¿cómo hacerle perder más años de su vida, a sabiendas que ahora más que nunca, sería imposible un matrimonio entre los dos, por el desamor que se apoderaba de él con respecto a ella? No, no sería fácil, pero apremiaba poner orden a sus emociones.

De lo que sí estaba totalmente seguro, era del amor que sentía por Marina, su hija, a quien deseaba posicionar legalmente, dándole su apellido. Su afecto por ella no variaría por la separación y seguiría pendiente de ella. Pondría fin a la relación con Carmela, pero el lazo de amistad debería continuar. Percibía que así sería, que su amante por ser una mujer de buena fe, ajena a los conflictos, lo comprendería.

Con ese cúmulo de pensamientos y reflexiones fluyendo de su mente y corazón, Luis Alfonso aterrizó en Madrid para reunirse y conversar con ella.

CAPÍTULO 7

La juventud de Luisanna
en la primavera de un romance

⁓ೲೲ⁓

Después de aquel esplendoroso viaje y placenteros días, al lograr Luisanna no poner en evidencia sus sentimientos y sensaciones, la convencería una vez más de su fortaleza. La presencia continua de Luis Alfonso, de nuevo había despertado su corazón, que airado reclamaba el derecho a palpitar de amor. Su lucha por conseguir apaciguarlo se convirtió en una ardua batalla, en un combate del que salió victoriosa. Durante todo el viaje pudo frenar sus emociones, repitiendo el mantra: "Luis Alfonso no será jamás el novio imaginado." En varias ocasiones lo había pillado extasiado mirándola, sin embargo, no quiso ilusionarse. Se aferró a un refrán que había escuchado muchas veces de su madre: "Lo que es del cura va pa' la iglesia" encontrando en ese dicho popular resignación y un atisbo de esperanza. Tras su regreso, procuró llevar su vida sin pensar en él y en esa temporada en Francia. Y renovando su anterior promesa de no soñar, empujó a lo más profundo de su alma su redivivo amor. Pasado casi un año de ese encuentro, conoció a Francisco Lares en una fiesta del Country Club, a la que asistió con sus padres.

La terraza al aire libre en la que se desarrollaba el evento a beneficio de la Cruz Roja fue decorada como una tasca española. Las mesas rectangulares y de baja altura, estaban rodeadas de barriles de vino, que servían como asientos. En el centro de ellas, jarrones de arcilla repletos de claveles rojos, perfumando el ambiente. En la alegre noche de pasodobles y chotis, de vinos y manzanilla, la alta sociedad caraqueña se hizo presente. Los hombres vestidos de cordobeses y las mujeres con batas de lunares y faralaes. En una mesa cercana a la de Luisanna y vestido con el atuendo cordobés, se encontraba departiendo con un grupo de jóvenes, un atractivo valenciano, estudiante de ingeniería civil. El atrayente joven al divisar a Luisanna, dejó de prestar atención a sus contertulios y su mirada se dirigió a ella. Iniciado el baile un Francisco decidido se levantó, fue a su mesa y ofreciendo su mano se presentó con nombre y apellido. Gentilmente la invitó a bailar, compartiendo un pasodoble en el que ambos demostraron su destreza. Cuando el jolgorio se encontraba en todo su apogeo, presentaron a "Carmela la gitana" cuyo espectáculo fue recibido con aplausos, comentando todos su gracia y salero. Luis Alfonso no se hallaba en el lugar.

Entre Francisco y Luisanna la atracción y la simpatía se conjugaron. Él comenzó a visitarla y ella lo integró a su grupo de amigos. Comenzaron una relación de amistad, ambos se gustaban y lo sabían. Guapo, atrayente y con fama de mujeriego, se rumoraba que también era asiduo visitante de los burdeles. Contaban que las damiselas se volvían locas por él y que cuando llegaba a la "casa de citas" se formaba una algarabía y la "Madama" ordenaba que colocaran en el tocadiscos, el pasodoble "Francisco alegre" que coreaba junto a sus pupilas:

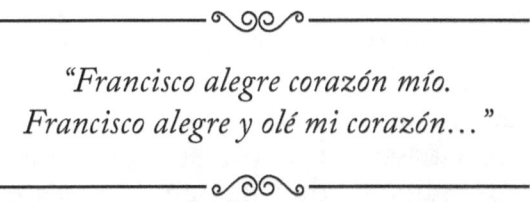

"Francisco alegre corazón mío.
Francisco alegre y olé mi corazón... "

A Luisanna y a sus amigas, que se manifestaban fascinadas con el valenciano, esos dimes y diretes aumentaban el hechizo y la curiosidad que él ejercía en todas ellas. Le atribuían ser hijo de uno de los hombres que en la época del dictador Juan Vicente Gómez, había hecho una gran fortuna como concesionario petrolero. Hubo un tiempo de llamadas y visitas, pero él no se manifestaba declarándole amor, solo piropos, galanterías y largas conversaciones sobre su pronta graduación de ingeniero y de lo que él esperaba de la vida, que no debería ser mucho, ya que hasta un Cadillac como carro de estudiante tenía. Ambos coincidían en puntos y temas planteados y se sentían muy a gusto juntos. Hasta el momento no habían tenido ningún contacto físico, salvo un día en que Luisanna sirvió de compañía a una amiga y su prometido, en una sesión de cine de domingo a las once de la mañana. Cuando llegaron, inesperadamente se encontraron con Francisco entrando a la sala de butacas, ambos sorprendidos se sentaron junto a los novios, que luego le jurarían a ella que no habían tenido nada que ver con ese encuentro.

Fue la primera vez que Francisco aprovechando la oscuridad del lugar, le tomó las manos e impetuoso le plantó un lujurioso beso en la boca. A ella le gustó la calidez que de sus manos emanaba, pero se sintió ofendida por el atrevido beso que él le había robado. Iracunda se levantó del asiento y sin dar explicaciones, pidió a los novios que la llevaran a casa. Asombrado Francisco con la reacción de ella, optó también por levantarse y acompañarlos hasta el auto, sin pronunciar palabra alguna. Las mujeres educadas en hogares estrictos "se daban su puesto" lo último que arriesgarían sería su honor y su reputación. De esa manera se lo inculcaban sus padres, como también un supremo orgullo hacia su propia persona y a su propia dignidad. Les enseñaban a mantener el decoro en una relación, a hacerse respetar y a cuidar de su virginidad, como si fuese un divino tesoro. Igualmente les advertían que las damas jamás tomaban la iniciativa en el amor. Un comportamiento distinto les traería como consecuencia quedarse solteronas, ya que los hombres tomaban muy en cuenta el recato y la decencia de las niñas que enamoraban. Las señalarían como casquivanas, por lo cual algunos padres, al no poder llevar sobre sus hombros el peso de la desvergüenza, se retiraban de la vida social. Así eran los prejuicios en la sociedad de entonces. Les contaban historias de como algunas jóvenes de sociedad habían sido devueltas a su casa al siguiente día de la boda, por haber entregado a otro esa "alhaja" tan preciada para el machismo de la época. Con esa enciclopedia en la cabeza y el orgullo a flor de piel, Luisanna se sintió ultrajada e incómoda, ya que hasta la fecha él no le había dicho que le amaba. Además, con su mala fama ¿qué creía él que era ella? ¿Acaso una de las meretrices a las que trataba? Pues no, ella era toda una dama. Claro que le gustaba

Francisco y sentía atracción por él, pero de ninguna manera se iba a dejar mancillar por un atrevido beso, antes de que le declarara su amor. No deseaba ser una solterona, quería casarse y tener hijos y no que la señalaran de veleidosa. Perder su prestigio ¡jamás! y tampoco el de su familia, por algo como eso.

Al otro día Francisco la llamó por teléfono y solamente le dijo que en la tarde pasaría por su casa. Como buen machista, estaba fascinado con su airada reacción y le había encantado la respuesta a su beso. Llegó puntual y oloroso a colonia de lavanda y saludó a Laura, quien se encontraba en el salón con Luisanna. Conversó con ella sobre los sucesos del día y de lo entusiasmada que estaba con un viaje a México, que muy pronto emprendería. Al contrario de Laura, ausente y callada se encontraba Luisanna, todavía molesta por lo sucedido el día anterior.

—¿Luisanna, acompañarás a tus padres en este viaje? —preguntó él con tímida voz, como si nada hubiese sucedido.

—Por supuesto que sí, —respondió altanera—jamás me pierdo un viaje con ellos.

En ese momento, la empleada de servicio le anunció a Laura que tenía una llamada telefónica. Al ella retirarse, tratando él que Luisanna abandonara el mohín y la voz de disgusto que había notado desde que llegó, con simpatía la interrogaba sobre los lugares que visitarían y la fecha del viaje. Francisco calculaba el momento preciso para referirse a lo ocurrido en el cine. Una vez que lo logró, le manifestó lo apenado que estaba por su arrebato, pues su intención no había sido provocar su molestia.

—Luisanna ¿no te has dado cuenta de que estoy enamorado de ti? Comprende que encontrarme contigo por primera vez en la intimidad que ofrece la oscuridad de una sala de cine, me impulsó a besarte. Es más, quería abrazarte y expresarte todo lo que siento y tú no me diste ninguna oportunidad de hablar, me sorprendiste con tu reacción. Si te ofendí perdóname, no hubo intención de hacerlo. Soy un hombre apasionado, tú eres una bella mujer y ¡yo te amo! —se disculpaba él en actitud de ruego.

Ella expresó todo lo que había pensado en aquel momento. De la ira que le invadió al sentirse tratada como una de esas "amiguitas" que él frecuentaba. Francisco no paraba de reírse a carcajadas con todo lo que ella le refería. Le tomó las manos, luego ahuecó el rostro de ella en sus dos manos y le expresó no solo el amor que sentía por ella, sino también el aprecio y estima por su familia. Arreglados los entuertos y estando ambos de acuerdo en la necesidad de seguirse conociendo, le manifestó el deseo que tenía de presentarle a sus padres, quienes vendrían en dos meses para su graduación, pues vivían en Valencia; la tierra conocida por sus naranjas tan dulces como sus mujeres.

Después de esta declaración, Luisanna se sentía confundida; sabía lo mucho que le gustaba Francisco, pero no se sentía enamorada. Temía que todo hubiese sido por ganarle una competencia a Lilian y a otra amiga, quienes morían por él. Un día pensaba que lo amaba y al otro día sentía lo contrario. El viaje a México le pareció oportuno para despejar sus dudas. Así que voló feliz con sus padres al encuentro con la tierra de los Toltecas y Aztecas, de las pirámides del Sol y de la Luna que asombraron al mundo; la de los dioses Huitzilopochtli y Quetzalcóatl, de las civilizaciones que descubrieron el cacao y elaboraron por primera vez el delicioso chocolate. El territorio de Moctezuma, líder azteca, antes de la conquista española.

Cuando Luisanna regresó de México, Ingrid su mejor amiga, le comentó haber visto varias veces a Francisco en compañía de Lilian y eso la disgustó bastante. Le contó además que la visitaba y la llamaba, cosas que Lilian repetía a todo aquel que la quisiera oír.

Luisanna era una persona que se desilusionaba fácilmente de cualquier ser humano, fuera cual fuera su relación. Le había pasado con amistades e incluso con gente de su propia familia, claro que no era común, pero había ocurrido. Si alguien la decepcionaba, hasta allí llegaba su cariño y amistad por esa persona y no había vuelta atrás. Eso de ser amiga hoy y mañana rota la amistad, volver con el tiempo a ser amiga de nuevo, era imposible en ella ¡ni pensarlo! No podía. Por su naturaleza sensible y apasionada, no admitía términos medios, ¡no señor! Ella quería o no quería. Era todo o nada. Cuando amaba era incapaz de una traición o una deslealtad.

—Hija, en la vida no existen solo blancos y negros, también existen los grises. Con el tiempo te darás cuenta de ello, no quiero oírte decir más, que le echas tierra y le pones una cruz; la verdad es que me horroriza ese disparate —insistía Laura.

Para Luisanna ese color gris no había sido inventado todavía, al menos ella no lo conocía ni nunca llegaría a topárselo. El mismo día que regresó de México, Francisco la llamó y acordaron verse al otro día. Él se notaba muy entusiasmado y le repetía lo mucho que la había extrañado. Luisanna le seguía la corriente. Fue a visitarla, conversaron sobre sus experiencias en el viaje y de lo sucedido en Caracas, durante las tres semanas que ella había estado ausente. Hablaron sobre lo poco que faltaba para la llegada de los padres, a su graduación. Ellos ya estaban organizando la celebración que sería en su residencia de Valencia y él esperaba que, para tal evento, asistiera con sus padres y hermano. La fiesta tendría lugar una semana después del acto académico. En un momento de la charla él le besó las manos y volvió a expresarle lo mucho que la amaba y la falta que le había hecho.

—No te vuelvas a ir sin mí... —con ternura le manifestó besándola apasionadamente en la boca.

Luisanna sin perder tiempo se soltó de él, mientras se pasaba la mano por los labios, como queriendo borrar el beso recibido.

—¿Sabes Francisco? —Expresó con enojo— visité la Iglesia de la Guadalupe y fervorosamente le pedí que antes de regresar a Caracas me concediera el deseo de enamorarme de ti. He estado confundida con respecto a mi relación contigo, pues un día creo amarte y al día siguiente no.

—¿Y la Virgen te concedió el deseo?,¿Te lo concedió?

—Un Francisco sorprendido pero orondo y seguro de sí mismo, la interrogaba.

—No, no me lo concedió y no creo que suceda el milagro—Con irónica sonrisa prosiguió: Anda, ¡corre a los brazos de Lilian! Seguramente ella sí te ama con locura.

Su orgullo fue más fuerte que el pretendido amor o atracción por Francisco. Así era Luisanna, lista y digna. Su transparencia era la de un cristal recién lavado y secado; lo que pensaba y sentía, lo decía. Con ella no existían disimulos, ni hipocresías ni mucho menos medias tintas. No aceptaba que la engañaran o la hicieran pasar por tonta. Nada de segundos platos o de compartir el amor de un hombre.

Cuando sus padres la regañaban por un comportamiento demasiado franco, les decía: "Lo que molesta hay que decirlo, no guardarlo porque se convierte en espina y estaría rasguñando tu corazón e impidiendo la sinceridad donde debe haberla." Sus padres se asombraban con sus reflexiones, pues parecían provenir de una mujer con mucha experiencia y largos años de vida y no de una joven que comenzaba a vivir.

Para Francisco aquella respuesta fue un duro golpe a su creciente narcisismo. Dejaron de verse y luego de su graduación regresó definitivamente a su terruño, soltero y sin compromiso. Ocho años después, Luisanna se enteró por Ingrid, que había muerto repentinamente en Valencia, a pocos años de contraer nupcias con su primera novia. Ella había sido infeliz en su matrimonio, por la adicción de él a la morfina.

Cerrado ese capítulo de su vida, su existencia transcurrió feliz y despreocupada. Debido a su simpatía y carisma, le sobraban conquistas y contaba con un numeroso grupo de amistades que disfrutaban de su compañía. Sus ratos libres los ocupaba jugando tenis, nadando o leyendo. Sin embargo, no había podido enamorarse. Se preguntaba cuál sería la razón. ¿Por qué cuando creía estar enamorada, de pronto un gesto, un detalle o una palabra la desilusionaban y hasta allí llegaba lo que se suponía que era amor?

La razón que buscaba y con angustia indagaba, se topó con ella de manera intempestiva el día que cumplió sus dieciocho años. Esa noche de celebraciones y alegrías, se encontraría cara a cara con su motivo...

CAPÍTULO 8

Las alegrías y tragedias de Lucy

∽⊙⊙∾

Si Josy nació con buena estrella, Lucy la más bella de las Parra Jugo, nació estrellada. Desde temprana edad su hermosura despertaba admiración y requiebros. Sus grandes y expresivos ojos de color azul profundo, una nariz preciosa en tamaño y forma y unos labios sensualmente dibujados en forma de corazón, se conjugaban en un rostro ovalado de terso y blanco cutis, circundado por una dorada y ondulante cabellera. Su cuerpo esbelto de largo talle terminaba en unas bien formadas extremidades. A los dieciséis años, sin esfuerzo alguno y sin premeditados coqueteos, había embelesado al caballero más cotizado del momento; un seductor de origen caraqueño, de veintiocho años. Provenía Juan Fernando de una acaudalada familia de la capital y a pesar de los anchos caminos, que partiendo de sus sienes dejaban a la intemperie una dilatada frente, era atrayente. Vestía con refinada elegancia y buen gusto; su encanto zalamero sumaba, para dejar embrujadas a unas cuantas damitas de la sociedad caraqueña y marabina, que antes de tiempo, creyeron escuchar las notas de la marcha nupcial.

Lucy había acompañado a su padre a un aniversario del banco de Maracaibo, la entidad financiera en la cual José Antonio fungía como segundo director principal. Allí los presentaron y Juan Fernando había quedado cautivado por la bella rubia. Con la destreza del conquistador inició la conversación, ingeniándoselas para alargar la charla y permanecer a su lado, todo el tiempo que duró el ágape. Una vez que regresaron, José Antonio que conocía al joven por las relaciones con la institución bancaria, preocupado le advirtió a Lucy:

—Hija, quiero que sepas que Juan Fernando es un casanova y ha dejado a unas cuantas muchachas ilusionadas. Esos hombres nunca tienen buenas intenciones y se aprovechan de la juventud e inexperiencia de damas como tú. Tú eres muy joven aún y te adelanto que no consentiré que te relaciones con él.

Las palabras de José Antonio como palada de nieve la dejaron fría. Ella quería tener amigos maduros, con conversaciones enriquecedoras, no los jovencitos que conocía desde las piñatas y a los que miraba como hermanos. ¿Por qué su padre la frustraba? Lo que escuchó fue más que un acicate para sentir curiosidad por él. Les preguntó a sus hermanas mayores si lo conocían y mientras ellas le contaban historias sobre el caballero, más atraída se sentía. Lo que no se imaginaba Lucy era que él estaba en lo mismo, indagando sobre ella y averiguando su teléfono para llamarla. Entretanto, ella se imaginaba presumiendo frente a sus amigas de tener como novio al codiciado caraqueño. Una tarde, terminando su clase de violín y a más de una semana de haberlo conocido, recibió una llamada de él, preguntando si podía visitarla.

Gratamente sorprendida, no sabía que responder, optó por decirle que su padre no le permitía recibir visitas de caballeros y mucho menos de casanovas como él. Esta respuesta provocó en él una alegre carcajada. Desde entonces, Juan Fernando se las arregló para verla en misa los domingos y en los conciertos de la Banda Municipal, en la Plaza Bolívar. A Lucy le hacía mucha ilusión que un hombre de esa edad y tan atractivo se interesara por ella, sobre todo con la fama que lo rodeaba y que a ella tanto le intrigaba.

Juan Fernando fue su primera ilusión y también su desilusión primera. Él se sentía verdaderamente atraído por su belleza, su exquisita educación y cultura, pero no dispuesto a ser el novio de misas y plazas. Deseaba visitarla y conocerla mejor y así mismo se lo hizo saber a su padre. Fue una visita cordial en la oficina de José Antonio, en la que, entre otras cosas, hablaron sobre el conflicto bélico de 1914 que había motivado el regreso obligado de sus hijas a Venezuela. Entre uno y otro comentario, Juan Fernando le expresó el motivo de su visita: solicitar anuencia para visitar a Lucy, a lo que José Antonio se opuso, aduciendo la juventud de ella. Sin ninguna arrogancia y con cordialidad, Juan Fernando se despidió del hombre que respetaba y con el que se relacionaba por asuntos comerciales.

La Gata no estuvo de acuerdo con la actitud de su padre y lo manifestaba, provocando su disgusto. A éste le preocupaba sobremanera que Lucy se dejara influenciar por las posiciones avanzadas de Blanca. Preocupado le preguntaba a Celina si no había sido un error llevarlas a estudiar a Norteamérica.

Desde su regreso las notaba respondonas, inconformes y se daba cuenta que Lucy se mostraba siempre de acuerdo con los planteamientos de Blanca. Con sus otras hijas no tenía problemas. Mary y Josefina eran obedientes y de buena gana acataban sus imposiciones. Bertha era una niña dócil, tenía apenas doce años y pronto iría interna al mismo colegio de monjas francesas, en el que habían estudiado las mayores. Las divergencias con su padre, la Gata y Lucy las discutían con Celina, pero ella jamás osó pasar por encima de la autoridad de su esposo, siempre le daba la razón a él. Ambos coincidían y compartían las mismas convicciones.

Después de la visita de Juan Fernando a su padre, Lucy se encontraría ocasionalmente con él un par de veces, pero ya el espejismo de ella se había diluido. Su madre la había enterado de la entrevista, cuestión que al principio le causó alegría y luego decepción. Él había desaparecido de la iglesia y de los conciertos dominicales. Ella comentaba con sus hermanas que Juan Fernando no había tenido la suficiente entereza para convencer a su padre de sus buenas intenciones, o quizás no las tenía. El imaginario idilio fue el primer capítulo rosa en la vida y amores de Lucy. Algo que pudo haber sido y no fue. No dejó heridas, solo un desencanto que pronto volaría.

El segundo capítulo fue real pero no tan rosa para la bella Lucy. Todos sentían predilección por ella, sin embargo, su hermosura y la magia que irradiaba, no impidieron que navegase por caudalosos ríos de tristeza y que su existencia, fuera una larga travesía de desdichas. De las Parra Jugo, fue la única de las cinco hermanas que el destino le fue avieso.

Cuatro años después de ese primer episodio, Lucy contrajo matrimonio por poder, en Maracaibo, con un ciudadano de origen puertorriqueño pero estadounidense, por la Ley Jones, aprobada en 1917. Se llamaba Albert Pointter, un empresario de la construcción con residencia en New York. Se habían conocido cuando ella viajó a visitar a la Gata y a Ernesto, radicados allí desde su matrimonio. Moreno claro, de cabellos y ojos castaños, animoso, muy conversador y nada tímido. Lucy se sentía cómoda a su lado y le escribía a Celina contándole, que dicha sensación era mutua.

—Pareciera que nos conociéramos de toda la vida— le decía a su madre y a Blanca.

Celina que ahora no contaba con el apoyo de José Antonio, quien había fallecido cuatro meses después de la boda de la Gata —lo que dio lugar a que se rumorara que el motivo había sido, el gran disgusto que le había ocasionado dicho matrimonio— estaba preocupada porque el joven era extranjero y no conocía nada de su familia. Cuando lo conoció le agradó; era educado y católico, aunque eso no era suficiente para casar a una hija. Dichos amores fueron en su mayor parte epistolarios, aunque durante el noviazgo de casi dos años, el alto y fornido Albert fue en tres ocasiones a visitarla y en una de las visitas, acompañado de su progenitora. Pensando Celina que la Gata, debido a su índole, podría convertirse en investigadora, le escribió pidiéndole que averiguara si Albert trabajaba como constructor y lo que pudiese de su familia. Esta ni corta ni perezosa, atendió con prontitud la solicitud y con la ayuda de su jefe, el cónsul, obtuvo en tiempo récord la respuesta que enviaría a su madre, a través de un radiotelegrama que decía:

"Pretendiente construye. Goza aprecio comunidad. También familia. Besos Blanca."

Para Lucy casarse, vivir en la ciudad que guardaba tan gratos recuerdos y en la que se hizo mujer, le alegraba el alma. Evocaba aquellos años y sus emociones al asistir por primera vez a una ópera, a un concierto o a un teatro a escuchar y ver a los famosos, lo mismo que asistir a museos con tan extraordinarios contenidos. Si todo ello había sido tan emocionante, residenciarse en esa seductora New York era la felicidad total. Razón tuvo su padre en afirmar que Estados Unidos sería pronto una nación que se tragaría al mundo y la muestra de ello era esa ciudad. Sus sueños y los de la Gata habían sido vivir en ella cuando se independizaran del yugo paterno. Su hermana lo había realizado y allí moraba feliz junto a Ernesto. Ahora en esa isla ella también tejería su nido de amor eterno, junto al hombre que había elegido como esposo. Lucy fue la tercera hija que se casó con un extranjero y la segunda que se fue del país. Celina hubiese preferido yernos de familias conocidas y criollas, pero si esa era la voluntad de Dios, ella lo aceptaba. Para consolarse a sí misma se decía: "Blanca y Josefina se han casado con forasteros y han resultado buenos hombres y ellas se declaran felices. Señor hágase tu voluntad, no desampares a mi Lucy y concédele la felicidad."

Después de siete años de casada y disfrutando al lado del encantador Albert y de Vilma, la hija de ambos, quien apenas contaba con cuatros años, la desgracia devino para Lucy en una situación tan dramática como inesperada. Por primera vez la fatalidad tocaba la puerta: Su esposo desapareció de su casa y de su vida. En aquellas desesperadas horas, su hermano Luis Alfonso fue el hombro en el que apoyó sus lamentos y su madre y hermanas, la frazada que abrigó su dolor.

Como todas las mañanas, Albert salió camino a la oficina y no llegó a su destino, ni tampoco regresó al hogar. Hasta ese aciago día, la vida de ambos había transcurrido en medio de las novedades de los "felices años veinte" Los años del desvarío, del consumismo, del "compre ahora y pague después" que los comerciantes pusieron en boga. Tiempos en que las instituciones bancarias otorgaban préstamos a muy bajos intereses, el dinero fluía, motivando a ricos y pobres a invertir en la Bolsa que ofrecía grandes rendimientos. La industria de la construcción crecía desmesuradamente, originando diversidad de empleos; un tiempo en el que había trabajo para todos. Los edificios se construían tan altos que el vulgo comenzó a llamarlos "rascacielos". Nuevos museos, hoteles y teatros muy pronto abrirían sus puertas. Al igual que todos, Lucy y Albert disfrutaban en los salones de baile del fox-trot, del charlestón y el tango. También del espectáculo de las Rockettes que causaban furor en Radio City Music Hall; sobraban diversiones para todos los gustos y bolsillos. Eran también los años dorados de las películas silentes. La ciudad giraba y giraba y todos felices sin imaginar las turbulencias que se cernían sobre la loca ciudad y el mundo.

¡Y es que al igual que la vida, la felicidad no es ni será eterna!

¿Pero cómo no imaginarla inmortal cuando estamos en pleno goce de ella?

Luis Alfonso apenas enterado del difícil trance que vivía Lucy, viajó con Celina a darle apoyo. Mary la mayor, se trasladó desde Río de Janeiro donde residía desde que contrajo nupcias con Emerich Henny, un venezolano descendiente de alemanes, cuya familia gozaba de muy alta estima en la sociedad caraqueña. Devoto católico, como ella, comulgaba los domingos y los primeros viernes. Rubio de ojos pardos y cara de predicador, su estatura alcanzaba los dos metros; era un gigante larguirucho. Para esa época residían en Brasil, pues Emerich era el representante para América Latina de la "Singer Manufacturing Company" con sede en ese país. La aguda Gata con ocasión de la boda de ellos, irónicamente había comentado a sus hermanas y a Celina: "Imposible que Mary hubiese podido encontrar mejor pareja. Ese casamiento estoy segura que bajó del cielo. Emerich ha salvado a Mary de vestir los hábitos"

Las investigaciones sobre el paradero de Albert no arrojaron resultados. Lo buscaron en hospitales y en hoteles e interrogaron exhaustivamente todo su entorno familiar y laboral. Su desaparición fue un misterio. Era un hombre al que no se le conocían enemigos, por el contrario, amigos le sobraban ya que su simpatía y espontaneidad eran seguros anzuelos para relacionarse, hasta en el corto recorrido de un ascensor. Las esperanzas y pistas para localizarlo se agotaron. En los días anteriores a su desaparición, no hubo cambios en su rutina diaria, tampoco se le notó preocupado, no llevó equipaje. En los posteriores a su desaparición, no se encontraron movimientos en sus cuentas bancarias. En los Estados Unidos, las desapariciones ocurren con cierta frecuencia. Hay personas que se desplazan a otros Estados de la Unión, cambiando de domicilio también de identidad, bien sea por líos sentimentales o problemas con la justicia.

Lucy estaba rota, su vida se había llenado de incertidumbre. Esos momentos de intenso dolor la hacían imaginar a Albert vivo y en situación de peligro o muerto y tirado en el pavimento de una calle, bañado en sangre. A veces, lo visualizaba feliz y sonriente, abrazado a una mujer. Esas representaciones mentales le causaban llanto, lágrimas de impotencia por no estar allí para socorrerlo; de compasión y desesperación por abrazar su cuerpo inmóvil o sollozos envenenados de ira, por la posibilidad de haber sido burlada y traicionada. No existían motivos para pensarlo infiel, pero esa desconcertante...¿huida? La obligaba a imaginar y reflexionar sobre toda posibilidad.

Lucy se refugió en el querer de su pequeña Vilma, quien, al percibir su pena, se apretujaba a ella y sin vocablos le transmitía el amparo que tanto necesitaba. Se amamantaron de cálidas ternuras durmiendo juntas y apretaditas una de la otra. Desde siempre, madre e hija sintieron que se pertenecían, que nada ni nadie en el mundo, rompería ese lazo de amor y mutua protección. Sabían que el mundo de las dos estaría eternamente circunscrito al estrecho espacio del abrazo y del te quiero. Por su hija, Lucy logró no sucumbir en el sufrimiento que la asfixiaba.

Transcurridos ocho meses, los ahorros de la familia Pointter Parra, comenzaron a agotarse. El orgullo de Lucy impidió enterar a su familia, de lo que en esos meses había descubierto: Albert había vivido al día, gastando casi todo lo que ganaba. Al menos tenían el techo seguro, pues el dúplex donde vivían, además de estar a su nombre, estaba completamente pagado. Habría que averiguar sobre la compañía constructora de Albert, pensó.

A las preguntas de una Gata preocupada e inquisitiva, respondía que todo estaba bien, pero no era cierto. Sin embargo, conociendo bien a su hermana con mucho tacto para no herir su orgullo, pero como siempre autoritaria, propuso darle una mesada para los gastos de Vilma: —No creas que es un regalo, es un préstamo mientras aparece Albert. —Le dijo.

Frente a tal situación, Lucy decidió buscar trabajo. Pero…¿Dónde y haciendo qué? ¿En qué podría emplearse si ella no sabía hacer nada? ¿Dar clases de francés o español, quizás? ¿Tocar el violín? ¿Emplearse como institutriz? No lo sabía, pero lo que sí estaba segura era de la urgencia por ganar un salario para no seguir gastando lo que le quedaba. Después de mucho pensar concluyó que podría trabajar en un hotel de lujo como recepcionista o en relaciones públicas. Considerando que ser culta, educada y hablando tres idiomas, no estaba mal para aspirar por un trabajo como ese. Se vistió con un traje sencillo, elegante y apropiado para la hora y se encaminó hacia Park Avenue, al recién estrenado Hotel Waldorf Astoria.

Cuando Lucy entró al hotel, se dirigió a la recepción, preguntando por el gerente encargado o el Jefe de Personal. Una joven le indicó el lugar, donde pacientemente tendría que esperar más de una hora, hasta que pudieran atenderla. Finalmente, apareció una mujer de unos cincuenta años y se acercó sin imaginar que esa joven señora, tan hermosa y elegante, venía a solicitar empleo. Amable se excusa por la demora, mientras Lucy se levanta y le saluda.

—Hay mucho movimiento en el hotel, casi no nos damos abasto ¿en qué puedo servirle? — sonriendo pregunta, indicándole donde sentarse, mientras ella toma asiento a su lado.

A primera vista las dos mujeres se habían caído bien y Lucy se dispuso a responder:

—No le voy a quitar mucho tiempo, simplemente he venido a buscar trabajo. Me gustaría saber si necesitan una empleada para el área de recepción —y agregó— voy a hablarle con sinceridad, estoy enfrentando una situación tan dramática como inesperada, ya que mi marido desde hace unos meses ha desaparecido, en extrañas circunstancias y esto me obliga a trabajar. Nunca lo he hecho y lo único que podría aportar, es el conocimiento de mis tres idiomas. Hablo inglés, francés, español y además toco el violín.

—Cuanto lo lamento, me gustaría ayudarla— responde la mujer conmovida y sorprendida, mientras con simpatía le toma las manos—En estos momentos solo tengo un cargo disponible, que no creo debería ofrecérselo a una dama tan distinguida como usted, el de Ama de Llaves. Sin embargo, me gustaría que volviera en cinco días, para tratar de buscarle otra ubicación.

—¡Gracias! Muchas gracias por su gentileza y atención, me tendrá de nuevo aquí, en el término propuesto.

Las dos mujeres se despidieron y Lucy en su emoción, la abrazó agradecida.

A partir de ese momento, ella se mantuvo rezando todos esos días, pidiendo con fervor a sus santos, que le concedieran el trabajo en el hotel. Incluso estaba dispuesta a aceptar, hasta el trabajo como Ama de Llaves. Cinco días después regresó, según lo acordado, encontrando la buena noticia de que Dorothy, la Jefe de Recursos Humanos, había logrado ubicarla en el área de recepción, nada más y nada menos, del prestigioso hotel Waldorf Astoria. A Lucy se le desbordaba el corazón de alegría.

El encargado de entrenamiento del personal le brindó a Lucy la capacitación que el cargo requería y una semana más tarde, Lucy se encontraba feliz, instalada en su nuevo trabajo.

Para ese momento, Lucy le había pedido a la Gata que no le dijera nada a Celina, quien, sin poder contenerse, no se lo dijo directamente a su mamá, pero sí a su hermano Luis Alfonso. Por asuntos relacionados con su trabajo, este decide viajar a New York y aprovecha para tratar de convencerla, que deje el empleo; prometiéndole hacerse cargo de todo lo concerniente al sustento de ella y de la niña, pero no logró persuadirla. Lucy no quería depender de su familia, quería valerse por sí misma y ante aquella situación termina disgustándose con la Gata por tener una "lengua tan resbaladiza" como se lo expresó, muy enojada. A Luis Alfonso, lo abrazó y lo besó, expresándole su agradecimiento.

—Gracias hermano por tu ofrecimiento, pero deseo continuar con mi trabajo, del cual me siento muy orgullosa, porque gracias a mis oraciones y a la gentileza de Dorothy, puedo poner a prueba mi capacidad, para bien administrar lo que aún me queda.

A los once meses de Lucy estar ejerciendo su cargo como recepcionista, Albert sigue sin aparecer. Era un misterio que las autoridades policiales no habían logrado develar. Ella, quien hasta el momento solo había deseado ejercer como esposa y madre, dedicándose a su familia tiempo completo, se encontraba tras el mostrador, repartiendo atenciones y sonrisas.

Una tarde, un caballero que se registraba como huésped, serio y circunspecto le preguntó si alguna vez había considerado ser actriz. —Una belleza como la suya no debería desperdiciarse detrás de un mostrador— agregando —Soy productor cinematográfico, desarrollando un proyecto, con una linda historia y en busca del personaje femenino principal. He estado observándola y usted encajaría perfectamente en él. Piénselo, estaré aquí por diez días. Si acepta, le auguro un maravilloso futuro en la Meca del cine.

Lucy sorprendida ante semejante propuesta, lo miró sin responder. Terminó el trámite de registro y entrega de llaves de la habitación y le deseó buenas tardes. Pensó que ese hombre podría ser un vivaracho, por tanto, no era de fiar. Lo que no esperaba es que quince días después, recibiría de Peter el conserje, un sobre con el guion de una película, así como la dirección y el teléfono del director de la cinta.

Lucy pasó el fin de semana preguntándose, ¿acaso me gustaría ser famosa? Y al mismo tiempo se respondía: ¿Y a quién no le encantaría serlo? Intrigada por la sorpresiva entrega, al llegar al hotel el lunes en la mañana, le preguntó a Peter si conocía al Productor.

—Sí, por supuesto, él acostumbraba a hospedarse aquí cuando viene a la ciudad. Es uno de los productores más famosos de Hollywood.

Lucy no era una persona arriesgada; carecía del carácter valiente y decidido de su hermana Blanca. Para ella, entrar en ese universo desconocido del que se decían tantas cosas, le asustaba. Un mundo de suicidios, de alcohol, de barbitúricos, un mundo ficticio y peligroso, como el de las estrellas de Hollywood, no podía ser un buen lugar, así que ¡ni pensarlo! Y menos teniendo una hija. Sin embargo, no dejaba de fantasear con la idea, imaginándose rodeada de fotógrafos y deslumbrando entre plumas y lentejuelas en el celuloide. Ernesto su cuñado, poseedor de un gran sentido del humor, cuando se enteró de la propuesta, no dejaba de bromear.

—Oye Lucy, ¿te imaginas a Doña Celina en Hollywood acompañándote? ¿Y a Don José Antonio saliendo de la tumba para obligarte a entrar en el redil? —Le advertía riendo a carcajadas.

Lucy también lo tomaba a broma, celebrando sus chistes con sonoras risas. A la brevedad posible, como temiendo arrepentirse, envió un cablegrama comunicando su negativa. La película una vez rodada y exhibida, resultó ser un gran éxito de taquilla y la desconocida actriz que representó el papel ofrecido a Lucy, se convirtió en una luminaria, brillando por mucho tiempo.

A Lucy le atraía el glamour y por eso se sentía cómoda con su trabajo. Le gustaba el ambiente de clase y distinción que le ofrecía aquel lugar, además de la oportunidad de conocer a las personas más importantes del país. Políticos, empresarios, artistas de teatro y cine, entre otros. En el hotel más lujoso de New York, se hospedaba "la crema y nata" de la sociedad norteamericana y europea, incluso, algunos vivían por largas temporadas en las enormes suites. Allí se topó con celebridades como Jean Harlow, Marlene Dietrich, Gloria Swanson y otras famosas del cine.

Hay gente que le atribuye al destino, todo lo bueno o malo que le sucede en la vida. Ante cualquier situación, aseguran "es el destino". Es decir, que nada sucede por azar o por el libre albedrío de cada persona, sino que, al nacer, ya tus caminos se encuentran dibujados en un mapa, del cual sería imposible huir de lo allí predeterminado. Por esos misterios de la vida, existe mucha gente adicta a los servicios de quiromancia, astrología y clarividencia, en busca de ayuda para descifrar su vida o tomar decisiones. Desde tiempos remotos existe esa curiosidad, que en muchos casos raya en la adicción, por conocer el futuro. Lo cierto es que, para Lucy, ese "mapa" estuvo fatalmente marcado por tragedias que se repetirían, a lo largo de su vida.

Desde que Albert desapareció, Lucy lo extrañaba. Echaba de menos su calor, su risa… sentía su pérdida y el vacío en su hogar. Un día le dijo a la Gata llorando: "Él era mi media naranja". Blanca siempre tan aguda y pragmática, intentando consolarla le decía:

—Déjame decirte que lo de "medias naranjas" y "almas gemelas" lo inventaron los poetas y los románticos; los que no caminan, sino que andan con los pies elevados de la tierra. Lo repiten, los que están acostumbrados a evadir su realidad. Si crees que esas tonterías existen, nunca vas a ser feliz con nadie. Estás muy joven, mereces otra oportunidad y Vilma, necesita crecer con un padre responsable.

Lucy con nostalgia recordaba el viaje de luna de miel a Puerto Rico, cuando de la mano de Albert caminaba las calles empedradas y contemplaban el hermoso paisaje marino, desde el Castillo del Morro. Llegaba a su mente el momento que subieron las escalinatas del primer Casino de San Juan, el club social que estaba de moda y danzaron en su sala de baile. Evocaba las playas tranquilas de blanca arena, donde nadaron y retozaron en sus azules aguas. El paseo a la Catedral de San Juan Bautista, donde le dieron gracias a Dios por haberles dado la oportunidad de conocerse. Ella lo recordaba todo.

Sus tristezas y añoranzas solía pasearlas de la mano de su pequeña Vilma, por las calles de su amado New York, hasta llegar a Central Park. En esas tardes grises cuando el llanto asomaba, se sentaba en uno de los bancos, dando tiempo a que la Gata regresara del trabajo. Sentía deseos de conversar con ella, cosas bonitas del pasado, de cuando era feliz, protegida y amada en ese hogar de luz colmado de amor. Lucy se llevaba bien con su cuñado Ernesto, tan bondadoso y amoroso con la Gata, a la que había hecho tan feliz. Era fan de sus manos, le gustaba verlas revoloteando sobre las teclas del piano o sobre las cuerdas del violín. Era tan buen intérprete que las notas de cualquier pentagrama, las convertía en magia. Y en esas tardes que presienten llantos, le gustaba escuchar un nocturno de Chopin o una sonata de Beethoven. Él fue su profesor de violín y complaciente interpretaba sus antojos. Lucy se sentía tan a gusto, acompañada y arropada por el cariño de ellos, así como por Bertha, su hermana menor y Mario, su cuñado. Ellos se acababan de casar y estaban viviendo en New York, por ser el lugar de residencia, del estrenado cónyuge. El destino había vuelto a reunir a las tres hermanas, en la seductora ciudad que tanto amaban.

En New York, la mejor amiga de Lucy era Mirella. Una panameña de origen italiano, católica y casada con David, panameño también y de religión judía. Se conocieron en unas vacaciones en París, en el lobby del Hotel Lutecia, donde ambas se hospedaban con sus maridos. Desde entonces las dos parejas iniciaron una bonita amistad. La historia de Mirella y David quienes, como Albert y Lucy, residían en New York, los conmovió, luego que, entre divertidas anécdotas y sonrisas cómplices, se las narraran a ella y a Albert, en una de las tantas cenas que compartieron juntos en Paris.

Cuando Mirella tenía dieciséis años y David dieciocho, se habían enamorado, en las clases de equitación que ambos tomaban en el club ecuestre de la ciudad de Panamá, donde vivían. La condición de David, como hijo de Rabino, los obligó a ocultar su amor y después de cuatro años de romance, se casaron civilmente y en secreto, permaneciendo en sus respectivos hogares. Entre tanto, diligenciaban el proyecto que tenían de fijar su residencia en New York. Él consiguió trabajo con un tío, hermano de su padre, quien era propietario de una fábrica textil en esa ciudad.

Por no pertenecer Mirella a la comunidad hebrea, la familia de David nunca vio con buenos ojos esa amistad y recelaba de esa relación. Por ello, apoyó con entusiasmo los deseos de su hijo, de marcharse a trabajar en la ciudad norteamericana. Ya el hermano del Rabino le había conseguido al sobrino, un apartamento donde vivir.

Todo discurría sobre ruedas, hasta que una tarde el hermano de Mirella se enteró por un amigo, del matrimonio que en secreto se había llevado a cabo. Para los padres de Mirella, el disgusto fue terrible, no aceptaban que se hubiese casado a sus espaldas y la situación se complicó. El padre iracundo, al sentirse engañado, no cedía; se sentía burlado y los amenazaba con llamar al Rabino para enterarlo de todo. Ambos explicaron sus razones, el amor que prevalecía por sobre todos los paradigmas religiosos y suplicaron comprensión. Ya por último, Mirella pidió perdón y con vehemencia apeló al hecho consumado: Estaban casados legalmente.

Mirella logró superar el escollo familiar, sus padres al final comprendieron la situación y aceptaron el matrimonio y posterior partida a la capital del mundo. El plan era que David viajara mes y medio antes que ella, a fin de arreglar todo lo concerniente a la nueva vida y evitar sospechas de sus padres.

La vivienda donde se instalaron estaba ubicada en la sexta avenida de Manhattan, muy cerca del Hotel Sheraton. Era un apartamento tipo estudio, de unos setenta metros cuadrados, que Mirella se encargó de mantener impecable y acogedor. Se sintieron a gusto viviendo juntos en esa vibrante ciudad. Esta felicidad solo era interrumpida, cuando el Rabino viajaba por temas de trabajo. Cuando esto sucedía, Mirella salía del apartamento con toda su ropa y enseres, procurando no dejar huellas y se instalaba en un hotel, hasta que el padre de David regresara a su país. Así vivieron más de dos años, en la "clandestinidad" hasta el día que el Rabino, no anunció su llegada.

A partir de entonces, la vida de la pareja se convirtió en una cadena de dificultades, pero el amor que se profesaban pudo resistir todos los embates. Finalmente, ella se convirtió al judaísmo, estudió su historia y de corazón se compenetró con sus preceptos. Se casaron bajo esa religión y de allí en adelante, las relaciones con la familia de David, poco a poco se fueron normalizando.

Esa amistad fue un gran aporte para Lucy, en sus momentos de angustia y desesperación. El apoyo y la solidaridad que le había brindado, ataron con sogas de agradecimiento el amor que Lucy ya sentía por ellos.

En la fiesta aniversario de su boda civil, la que Mirella y David acostumbraban a festejar, Lucy conocería a Archie Doyle.

Habían pasado tres años desde la desaparición de Albert. Como quinceañera en vísperas de su primer baile, Lucy se sentía emocionada de poder asistir a la celebración. Estaba por cumplir los treinta y un años y no tenía ganas de "ponerse a vestir santos" ni seguir abrazada a la soledad. Era la primera fiesta a la que acudía, después de ocurrida su desgracia. Tenía deseos de bailar, divertirse y también de volver a enamorarse. Sonriendo se preguntaba, ¿por qué no? Y con determinación respondía: "No seguiré cerrando las puertas de las ilusiones, anhelo volver amar y ser amada. Ya una vez me negué a la posibilidad de darle otro rumbo a mi vida, cuando me ofrecieron incursionar en el cine". Orgullosa recordaba las palabras del productor cinematográfico cuando le propuso convertirla en estrella: "Tenemos un proyecto sobre una linda historia y su belleza encaja perfectamente en el personaje. Si acepta le auguro un espléndido futuro en la Meca del Cine..." Evocaba las carcajadas de Ernesto y sus comentarios, así como las opiniones de la Gata siempre decidida y aceptando retos: "Si a mí me lo propusieran, enseguida aceptaría. Es una oportunidad de oro."

Lucy tenía tres años esperando que Albert apareciera, o que al menos le aseguraran si estaba vivo o muerto. Su vida de incertidumbres y esperas, no se la deseaba a nadie. Sus sentimientos hacia él se habían enfriado; ya no lo extrañaba. Continuaba trabajando en el hotel, ya no como recepcionista. Dorothy la había ascendido a jefa de Relaciones Públicas. Ambas se habían convertido en un gran equipo y el desempeño de Lucy en el nuevo cargo, había sido impecable.

Mirando el reloj, inquieta exclamó: "¡Es hora de comenzar a arreglarme!"

Ernesto tenía la noche libre y junto a la Gata pasarían a buscarla. Ellos también estaban invitados. Contenta, Lucy se dirigió a la ducha. Para la ocasión, estrenaría un traje rojo de seda, que recién había comprado. Una vez vestida se miró al espejo y satisfecha al contemplarse elegante y bella, se dijo con gozo: "Adiós luto." Resaltando su rubio y corto cabello, en la frente se colocó una cinta de raso, del mismo color del vestido y luciendo a la moda. Un collar de tres cadenas doradas, de diferentes tamaños, colgaban en su cuello, cayendo la última, más debajo de su cintura. Su cuñado y su hermana la piropearon y acompañada por ellos se dirigieron a la casa de David y Mirella.

El ambiente festivo envolvía a los asistentes que iban llegando. Luego de saludar a los anfitriones, los Boada y Lucy, se acercaron a un grupo de amigos que, entre abrazos y saludos, le presentaron a un pelirrojo de chispeantes ojos azules y encantadora sonrisa. El caballero tenía el físico y el talante de los hijos de Irlanda. De esa tierra milenaria, de muros y torreones, de relatores de historias macabras, de misterios y secretos, guardados con sangre. Tierra de celtas y vikingos, de gente vibrante y bulliciosa. En Dublin, había nacido Archie Doyle. Aun siendo niño, su familia emigró a Norteamérica y posteriormente en Ohio, desarrolló la industria familiar de neumáticos.

Como representante de esas empresas familiares, Archie tenía varios años radicado en New York. Su ocurrente humor causó tan buena impresión en Lucy, que una vez presentados, se liaron en una animada conversación todo el tiempo que duró la fiesta. A partir de entonces, se volvieron inseparables. Su simpatía le alegró la vida a Lucy aprendiendo de nuevo a reír. Y de la misma manera que Juan Fernando y Albert, Archie quedó atrapado en la magia que desprendía su belleza y candor. Mucho antes de lo que Lucy imaginara, ella también se enamoró. No era difícil que sucediera con un hombre al que ella consideraba adorable. Atento, delicado y complaciente, Archie no escatimaba en detalles para sorprenderla. A partir del otro día de conocerse, religiosamente cada sábado le enviaba un enorme ramo de rosas rojas, con mensajes que enternecían.

El restaurante de moda Rainbow Room, fue el lugar escogido por ambos para celebrar el séptimo mes de amores. Bailando uno de los románticos blues interpretados por la orquesta, un Archie conmovido le pidió a Lucy matrimonio. La música, el ambiente y la vista espectacular desde el piso 65 del Rockefeller Center, se sumarían para hacer el momento fascinante. De uno de sus bolsillos, sacó un estuche de terciopelo rojo, cuyo contenido era una sortija con un espléndido y ovalado rubí "Sangre de pichón" rodeado de diamantes. Ante la sorpresa de ella, lo colocó en su dedo anular, declarándole su deseo de construir con ella un hogar. Tomados de la mano y luego de besarse, se fueron a la mesa, en la que una botella de champán los esperaba para brindar por el futuro. Tres meses más tarde contrajeron nupcias. Antes de la boda y por requerimiento de Archie, se retiró del trabajo en el hotel, agradeciendo a Dorothy su generosidad y el haber creído en ella. La relación de amistad continuó, hasta el fallecimiento de Dorothy, dos años después.

La luna de miel discurrió entre Venezuela e Inglaterra. En Londres vivían los padres de Archie, quienes ya estaban mayores y retirados. Tanto ellos como Lucy quedaron gratamente regocijados de conocerse y compartir. Como regalo de bodas le obsequiaron un broche de platino con zafiros y diamantes y zarcillos a juego.

El viaje de Luna de miel fue placentero. A él le agradó la familia de ella, el país, la gente y las playas de arenas blancas del Mar Caribe; sus cálidas aguas azules y verdes lo dejaron totalmente deslumbrado.

Desde que Lucy conoció a Archie, se sintió flotando en una nube de felicidad. Su niña Vilma se fue encariñando con ese nuevo papá juguetón, que la hacía reír con sus gracias. Él le contaba historias sobre castillos y torres medievales que de niño le contaban y que ahora se las repetía a ella dramatizando los relatos, como un actor consumado. Ella lo escuchaba, encantada con su histrionismo. Se habían convertido en una familia dichosa y afortunada.

Vivían frente al Central Park, en un bello y espacioso apartamento de dos plantas. A Lucy le seducía el glamour, el ambiente de clase y la distinción en el que se movían, llevando una activa vida social. Cuando iban a la casa de campo que tenía Archie en Connecticut, lugar en el que compartían con amigos, algunos fines de semana, Lucy encontraba rosas rojas en las diferentes áreas de la casa y Vilma, libros de cuentos en su habitación.

Habían pasado tres años de feliz convivencia y el capítulo rosa de su vida se desarrollaba sin obstáculos. En esos días, Lucy estaba muy entusiasmada con la visita de su hermana Josy y su esposo Ralph que, como todos los años, vendrían a New York. La pareja planeaba pasar unos días con la Gata y Ernesto y luego surcarían el Atlántico junto a Lucy, Archie y Vilma, en una travesía por Europa a bordo del barco Ile de France. Los dos concuñados se llevaban estupendamente y tenían muchas cosas en común. Ralph era un hombre tímido, callado y Archie era todo lo contrario, pero a pesar de los diferentes caracteres, congeniaban y disfrutaban de largas conversaciones, mientras las hermanas aprovechaban para ponerse al día con los últimos acontecimientos familiares.

A casi un año del regreso del viaje en el trasatlántico francés, Lucy comenzó a notar cambios en la personalidad de Archie. Había dejado de ser alegre y se mostraba taciturno, de poco hablar y no reía. Le intrigaba como cada viernes regresaba a casa con tres pares nuevos de calzados, que había comprado. Al principio ella no le dio importancia, pues sabía que a él le gustaba vestir bien y estar siempre muy bien puesto; pero al notar que esto se repetía por cuatro viernes seguidos y ya en el closet se habían acumulado doce pares de zapatos nuevos, sin estrenar, se inquietó. Un viernes en la noche lo sorprendió contando cada par de ellos y ordenándolos simétricamente. Al darse cuenta de su presencia rompió en llanto y le dijo abatido:

—Mi Lucy amada, ¿qué puedo hacer? Ya no me caben los zapatos y tengo que completar ochenta y cinco pares. Es una misión que tengo que cumplir, le prometí a Dios ayudar al dueño de la zapatería, para que pueda comprar su casa.

Lucy no entendía nada de lo que él le decía y aterrada, no sabía que responder y no solamente se turbó por su angustia, sino también por su desesperado llanto. Archie lloraba como un niño asustado.

—No quiero ir al infierno, no quiero que el diablo me aceche como hizo con mi abuelo— le decía tomándola por los brazos y batuqueándola.

Ella se asustó y al mismo tiempo sintió que debía protegerlo. Era la primera vez que lo veía en ese estado emocional. Confundida lo abrazó tiernamente como si fuera un niño y le dijo:

—Mi adorado no te preocupes, solucionaremos el problema, mañana encontraré el espacio para que puedas guardar los zapatos que te faltan por comprar, te lo prometo—y amorosa lo lleva a la cama.

Esa noche no pudo dormir, rezó pidiéndole a Dios que la iluminara, para cumplir lo que le había prometido. En su mente una y otra vez se repetía la imagen de lo sucedido. Su cabeza daba vueltas y se negaba a admitir lo que suponía. A la mañana siguiente, Archie al verla despierta, le dio los buenos días con un beso.

—¡Lucy, ya tengo la solución! —Anunció. El jueves desocupas la refrigeradora, para guardar allí los que traeré el próximo viernes.

Eran las nueve de la noche y Archie no había regresado a casa. Lucy se preocupó, pues durante los años que llevaban casados, eso nunca había ocurrido. Siempre la tenía al tanto de sus reuniones y de sus posibles llegadas tarde. Lucy decidió llamar a su secretaria y esta le informa que Archie no había ido en todo el día a la oficina. De inmediato se comunicó con algunas personas de su entorno y no obtuvo respuestas. Angustiada y sin saber qué hacer, llamó a la Gata contándole lo sucedido. Ernesto y ella, corrieron a la casa para acompañarla. Al llegar allí se enteraron del episodio de los zapatos y no podían creer lo que estaba ocurriendo. Alarmados sugirieron a Lucy que llamara al abogado de la empresa, para que se ocupara de acudir inmediatamente a la policía, él sin reparos se ocupó del asunto. Eran más de las once de la noche y Archie todavía no aparecía.

Ernesto y la Gata se quedaron acompañando a Lucy. Todos permanecieron en vela, esperando alguna noticia. Después de varias horas, que parecían interminables, a las cinco de la mañana, llegó el abogado con la policía y con ellos, Archie, quien se hallaba en estado deplorable: Sin corbata ni saco, completamente desaliñado, despeinado y sucio. Lo encontraron acostado en una acera de la calle treinta y cuatro, frente a la tienda Macy's. Para sorpresa de todos, Archie no reconoció al abogado, al momento del hallazgo y respondió a la policía, con frases incoherentes. Estaba alelado. Para Lucy este momento era aterrador, no podía creer lo que estaba viendo. Se aferró a él desesperada y lo abrazó, besando su frente.

La Gata, ante semejante escena, sugirió que debía ser internado en un hospital para enfermos mentales y avisar a sus hermanos, quienes vivían en Ohio. Al siguiente día lo hospitalizaron, bajo los cuidados del psiquiatra Donald Pack.

Lucy la estaba pasando muy mal, su vida se había vuelto brumas y estaba desconcertada. Era la primera vez que Archie no estaba en la casa, las noches se hacían interminables sin su presencia. En el día acompañada por Vilma, se quedaba con él en el hospital hasta la hora que las reglas hospitalarias lo permitían. Verlo sedado la mayoría del tiempo, causaba a las dos una tristeza infinita. Eran penas inesperadas y muy pesadas para su alma. Archie debía permanecer allí un tiempo, bajo observación y tratamiento.

Habían pasado dos semanas y Archie estaba respondiendo bien a la medicación, poco a poco parecía que iba retomando la normalidad, eso al menos es lo que Lucy ilusionada se imaginaba, hasta que un día sucedió otro evento inesperado: La vida extrañamente repetía la pasada desgracia conyugal de Lucy. La fatalidad otrora sepultada resucitaba de manera despiadada. Archie se escapó del centro hospitalario y a pesar de la fortuna que la familia Doyle gastó por varios años en su incansable búsqueda, jamás fue hallado. Nunca más apareció, ni se supo de él.

Después que a la bella Lucy, por segunda vez su biografía le cayese a palos a su vida, sus ojos se secaron por llorar sin tiempo y sin medida; se transformaron en desiertos sin oasis, dejando su corazón exhausto. Nunca más pudo llorar por nada ni por nadie. De vez en cuando viajaba a Maracaibo, para pasar temporadas con Josy y Bertha. Sus hermanas y sobrinas que mucho la quisieron, eran felices con su presencia. Sus únicas alegrías fueron Vilma y sus nietos a los que les dedicaba sus horas y sus días en New York, donde vivió y murió.

CAPÍTULO 9

Luisanna celebra la vida

❧⟳❧

Luisanna nunca había tenido tanto antojo de celebrar su onomástico. Si bien era una tradición en la familia Azpúrua Méndez, que ningún cumpleaños pasara "por debajo de la mesa", sentía una gran ilusión por ser ese día agasajada y estar con toda la gente que ella amaba. Con esa alegría y el optimismo que la caracterizaba, decía a sus padres:

— ¡Quiero la mejor y la más espléndida fiesta del mundo, amenizada por la mejor orquesta y que vengan todos vestidos de etiqueta! Quiero invitar a cientos de personas y estrenar un traje extremadamente precioso, de color verde esmeralda. Así quiero celebrar mis dieciocho años. Laura y Pedro siempre complacientes y felices con los deseos y el entusiasmo que Luisanna derrochaba en su pedimento, comenzaron los preparativos. Se contrató a la mejor orquesta de la capital y se ordenó la impresión de elegantes tarjetas de invitación requiriendo traje de etiqueta.

Dos amigos que se dedicaban a la organización y decoración de eventos, se hicieron cargo del asunto y cumplieron a cabalidad con el proyecto. La piscina fue cubierta a todo lo ancho y largo con tablones de madera pulidos, a fin de ser usada como pista de baile. El lugar de la orquesta fue ubicado frente a ella, a una altura superior. Las mesas dispuestas bajos los árboles, de cuyas ramas colgaban quinqués, iluminando el jardín; se cubrieron con manteles blancos de organza de seda natural bordada, descendiendo hasta el suelo. En el centro de las mesas colocaron briseras de cristal y plata, rodeadas de búcaros con rosas blancas abotonadas.

—La decoración más que para un cumpleaños, ¡parece para una boda! —Se le escuchó decir a una envidiosa invitada.

Luisanna lucía bellísima, en su traje de tafetán verde esmeralda. El bajo talle de la amplia falda destacaba su angosta cintura. El diseño sin mangas y escote en "V", resaltaba sus bien torneados brazos y el sensual camino de sus senos. En su cuello lucía una gargantilla de platino, de donde resaltaba en forma de lágrima, una esmeralda "gota de aceite" y haciendo juego, unos pendientes, todos regalos de sus padres. El atractivo físico de Luisanna se centraba en sus grandes ojos almendrados color ámbar, bordeados de pestañas oscuras, largas y espesas. Su rostro de un blanco nacarado, enmarcado con una melena de color castaño mediano, cayendo en cascada sobre sus hombros. Era muy difícil que una mujer con el atrayente semblante de Luisanna, su llamativo porte y seductora personalidad, pasara desapercibida.

Cuando Luis Alfonso hizo su entrada al gran salón, donde ella acompañada de sus padres y hermano, recibía a los invitados, el encuentro con ella, le causó un impacto electrizante. Verla de nuevo revivió sentimientos que creía relegados para siempre. Sintió que de su alma brotaban chispas. Lo que él pensaba eran cenizas, súbitamente se encendían, convirtiéndose en llamaradas de amor y deseo. Habían pasado dos años desde el viaje a Francia. Para Luisanna aquel momento fue también de conmoción, tenía frente a ella al amor de sus trece años, a su amor de siempre y su corazón, volvía de nuevo a latir con fuerza, sus manos se enfriaban y sus piernas temblaban. No, no había sido una tontería de niña romántica, ¡qué equivocada estaba al pensarlo y darlo como un hecho! Estuvo siempre enamorada del amor encarnado en ese hombre. De allí, el desasosiego de creerse incapaz de amar, de sus ilusiones y frustraciones al no sentirse enamorada de ninguno de los que la habían pretendido; se desvanecía. Allí estaba su razón, él estaba frente a ella, expresando admiración por lo hermosa que lucía y por lo bien que le quedaba el verde esmeralda de su traje.

¡Qué locura! Los dos amándose en silencio, aparentando para sí mismos, lo que no sentían. Los dos alejándose uno del otro, estableciendo distancia, aturdiendo sus corazones, convenciéndose de lo imposible. Ella tratando de encontrar el amor sin conseguirlo, él persuadido de amar a la gitana. Dos años alejados por voluntad propia y ahora que se reencontraban, como dos volcanes despertaban, derramando lava hirviente que los bañaba y quemaba.

Por primera vez Luisanna advirtió sin ninguna duda, sin la incertidumbre sentida en Borgoña y en París, que él la miraba como un hombre mira a la mujer que ama. Sorprendida y turbada por lo que estaba viendo, escuchando y percibiendo, solo atinaba a mirarlo y sonreír. Aturdida por la música que de su pecho salía, temerosa que su corazón estallara y en pedacitos volara, respondió a sus piropos, con un balbuceante: Gracias.

Luis Alfonso después de saludar y conversar brevemente con Laura, Pedro Luis y Enrique, se apartó para dar paso a otros invitados que esperaban para congratular a la familia. Escogió una mesa vacía y alejada del bullicio. Se sentó conmovido, reviviendo los días que habían estado juntos en Francia, sintiendo el embrujo que nuevamente se apoderaba de su ser y del que ya sería imposible librarse. Aquella pasada atracción que había decidido a conciencia borrar, se erigía otra vez frente a él. Esos ojos que brillaban cual ámbares encendidos, hipnotizaban y quemaban. Aquella ternura, su voz grave y esa personalidad que no aceptaba imposiciones, ni manipulaciones de nadie, lo habían atrapado y fascinado, desde el recorrido por los canales de Borgoña. Recordaba su enamoramiento y aturdimiento con añoranza. Evocó sus reflexiones de entonces, sus temores y vergüenza de apasionarse por ella, pues esa pasión la consideraba casi un incesto. Ella era la niña de Pedro Luis y de Laura la "hermana" de Celina su madre, aunque sus vínculos biológicos fuesen lejanos. Cuando Luisanna era una bebé, muchas veces la había cargado, la había dormido y le había dado el biberón. Luis Alfonso era como un hermano mayor. Así había sido siempre.

La cercanía afectuosa de la familia de Laura y la de Celina en sus lugares de origen, derivaron en fuertes lazos de unidad familiar. ¿Cómo atreverse a manifestar que se había enamorado de su hermanita menor, en vísperas de cumplir apenas dieciséis años? Optó por renunciar a ella y alejándose de las tentaciones, dejó de visitar a los Azpúrua Méndez, alegando su falta de tiempo por razones de trabajo. Sin embargo, infinidad de veces, en silencio rememoraba aquellas vivencias y emociones.

Ya no había nada más que hacer, sino colocar las cosas en su lugar, sincerarse y destapar lo que por tanto tiempo, había ocultado. Era el momento de recuperar el tiempo perdido, conocer la reacción de Luisanna, declarándole su amor esa misma noche. Estaba dispuesto a confesarle todo lo que estaba sintiendo y su enamoramiento desde el viaje a Francia.

Por otra parte, era preciso resolver la relación con su amante, ahora no tenía dudas que el centro de su universo era Luisanna. En su visita a Madrid, luego de la gira en Francia, sus intenciones flaquearon al tener de nuevo en sus brazos a su hija, por la que tanta ternura y amor sentía. Su debilidad por ella lo indujo a reflexionar sobre sus sentimientos. Como siempre, Carmela lo había recibido con los brazos abiertos y Luis Alfonso, apenas pudo confesarle las dudas que llevaba dentro.

Sentados en el sofá del recibo contiguo a la habitación del hotel, al que solía llegar Luis Alfonso, cuando viajaba a Madrid, ella amorosamente lo interrogaba, abrazándolo y susurrándole al oído en dialecto caló:

—Cuéntame "garlochin" ¿qué tal resultó la travesía con tu madre y amistades? Cuéntamelo todo.

Él la llamaba "gitana" y con delicadeza le relató el recorrido por Borgoña, los días en París, refiriéndole su sorpresa y confusión en el reencuentro con Luisanna; le explicó quién era ella, los lazos de íntima amistad que unían a las dos familias y los sentimientos fraternales que habían existido entre ellos.

—Gitana, mi decisión es alejarme de esta equivocación, quiero seguir a tu lado y agradecería tu comprensión. Deseo disfrutar a mi hija y arreglar su situación legal— le afirmaba acunando a la niña y besándola.

Cinco días permaneció en Madrid, disfrutando de las dulzuras y atenciones de Carmela y de las caricias de Marina. Luego de revelar sus desazones, su corazón se había calmado. Su gitana fue un remanso de aguas tranquilas y en su grata compañía, encontró la paz a sus inquietudes. Resolvió olvidarse de los días en Francia, estableciendo distancia y evitando un posible trance de separación entre las dos familias. Por otra parte, Carmela se sintió dichosa con el reconocimiento legal que él prometía. Confiada de haber aliviado sus vacilaciones, percibía que, a pesar de las dudas, Luis Alfonso la seguía amando. Notó lo feliz que era Luis Alfonso, en presencia de su hija. Estaba segura de que las nubes anunciando tempestades, se alejarían. Se conmovió al considerar que, haciéndola partícipe de sus angustias, él había sido sincero y honesto. Ella seguía tan enamorada como el primer día y al verlo afectuoso y pleno con Marina, la esperanza de una boda avivaba en su corazón.

Luis Alfonso rentó un apartamento para que Carmela y Marina pasaran temporadas en Caracas y ella procuró estar más libre de contratos, fuera de Venezuela, para pasar más tiempo con él, actitud que provocó acaloradas discusiones con su hermano Antonio, quien se enfurecía cuando ella rechazaba propuestas de trabajo por estar con el amante. Luis Alfonso estuvo feliz de tener más cerca a la niña a quien mimaba y celebraba todas sus gracias.

En medio de sus reminiscencias, Luis Alfonso estaba pendiente, esperando que Luisanna terminara de recibir a los invitados y saliera al jardín. Desde su lejana y solitaria mesa la divisaba y, caminando de prisa, salió al encuentro con ella. La orquesta comenzó a tocar y los invitados se acercaron a la pista. Luis Alfonso la alcanza, toma su mano y la invita a bailar. Entre compases de un romántico bolero, él volvió a expresarle admiración por lo hermosa que lucía. Se desbordó en elogios y halagos, como si le faltase tiempo le declaró su amor.

—Repítelo, no sé si te escuché bien—le decía ella extasiada, mirándolo a los ojos, mientras él le susurraba al oído:

—Te Amo, te amo, te amo y no me cansaré de repetirlo, mientras tenga vida. No quiero alejarme nunca más de ti, querida Luisanna.

Una vez concluido el bolero, esquivando a la gente y haciendo caso omiso a los que intentaban hablarles, de la mano recorrieron el camino que conducía a un salón que se encontraba desierto de invitados y allí dieron rienda suelta a ese amor contenido.

Se abrazaron y fundieron en largos y apasionados besos. Pasado el sismo del delirio, llegaron las dulzuras y sentados en el sofá, hablaron de mutuos sentimientos, desnudaron sus almas y se dijeron, te quiero. Tomados de la mano, regresaron al lugar donde las alegres voces de cientos de invitados se mezclaban, con los acompasados acordes musicales de la orquesta.

Hermosa fiesta, esplendorosos dieciocho años, donde el champán se desbordaba de las copas Pompadour de cristal, cuyo redondo diseño, fue inspirado por el tamaño y forma de los senos de la famosa cortesana y amante del Rey Luis XV de Francia.

A las dos de la madrugada y con las notas del "cumpleaños feliz" la homenajeada rodeada de todos sus afectos, cortó la torta y apagó las dieciocho velas. Dichosa recibió abrazos, besos y los buenos augurios que sus amigos le deseaban. Nunca se había sentido tan plena de felicidad. El sarao se prolongó una hora más y una vez que los invitados fueron desapareciendo, la pareja haría partícipe de su amor, a los padres y el novio fijaría la fecha de la boda.

Al siguiente día, Luis Alfonso llamó al joyero de la familia y le preguntó si ese mismo domingo, podría ver unos aros de compromiso. Estaba impaciente y no podía esperar hasta el lunes, para llevarle a Luisanna la sortija que sellaría su compromiso de matrimonio. Gustoso el orfebre se presentó al mediodía en su casa, llevando un maletín con varias piezas.

Luis Alfonso eligió un aro de platino, con pequeños diamantes engarzados en dos vueltas y en el centro, uno redondo de regular tamaño. —¡Solo Dios sabe cuánto la amo! —Exclamó, cuando eufórico se dirigió a la casa de los Azpúrua Méndez.

CAPÍTULO 10

¡Todo estaba listo para la boda!

Las dos familias estaban emocionadas y felices con el noviazgo y el futuro enlace de la pareja; sin ningún pero que pudiese entorpecer una relación que tácitamente habían deseado siempre. Por supuesto, Luisanna era como otra hija para Celina, de la misma manera es el afecto de Laura y Pedro Luis por el novio, son hijos, pero "postizos". Que se hayan tratado como hermanos no era óbice para declararse en contra de ese amor, como tampoco, que Luis Alfonso fuera doce años mayor que ella. Nadie pondría cortapisas para que se celebrara la unión de los enamorados. Mayor ilusión y felicidad para esa boda era ¡imposible! Los impedimentos y temores de Luis Alfonso, por posibles conflictos familiares en su intención de enamorar a Luisanna, no existían, por el contrario, todos no cabían en sí de la alegría.

Dos días después de la fiesta, Luis Alfonso encaminó sus pasos al apartamento de Carmela, quien esos días se encontraba en Caracas. Con mucho tacto le expuso lo ocurrido y para no herirla o causarle mayor dolor, solo omitiría la fecha de la boda con Luisanna. No fue fácil para él exponer su realidad a esa buena y noble mujer que lo había amado por encima de todas las dificultades, quien además le había regalado su virginidad, su paciencia y comprensión. En su ánimo, la despedida le causó una profunda tristeza. Carmela completamente derrotada por el fantasma que de nuevo se erigía frente a ella, convirtiendo en escombros las bases de ese amor, que creía sólidas; entendió que lo escuchado no era otra quimera, como la ocurrida en el viaje de su amante a Borgoña y París, dos años antes.

Le bastó un instante para comprender que la decisión de él, de abandonarla por la otra, era definitiva. Ante el hecho consumado, su talante gitano sentenció que la separación estaría escrita en una de las líneas de sus manos. —¡Es mi destino! Exclamó. No por ello, Carmela dejaba de sentir el desgarramiento de su corazón y percibir el goteo de la sangre dentro de su pecho, mientras los latidos cesaban. Pensó en su hermano Antonio y en sus palabras ciertas, cuando con rencor la llamaba loca y repetidamente le aseguraba, "ese señorito jamás te desposará" y ella altanera respondía, "no ando en busca de matrimonio, solamente de amor" lo que encolerizaba más al gitano resentido y gruñón.

Durante la conversación hubo un momento en el que Carmela sintió deseos de empujar a su amante, golpearlo, arañarlo e insultarlo; pero la serenidad se impuso, al pensar que en el fondo de su alma nunca esperó que sucediera algo diferente a lo que estaba pasando. Ella jamás había exigido matrimonio y él tampoco lo había prometido. A veces, estando lejos y pensando en él, presentía lo que en ese momento estaba sucediendo. La inseguridad la acosaba, aunque en el transcurso de la relación, también tuvo esperanzas, ilusiones y sueños. El amor de Luis Alfonso y su presencia, la habían colmado de felicidad y eso fue lo único que siempre le importó. Fueron esposos sin acta matrimonial, viviendo años de amor, devoción y respeto.

Por otra parte, sin perder tiempo, Laura se dedicó a la preparación del ajuar de la novia y para ello contrató a las mejores costureras, bordadoras y tejedoras, a fin de confeccionar los juegos de sábanas, las toallas bordadas con los monogramas al relieve, los edredones rellenos de plumas y los manteles blancos de hilo, con acabados de tejidos en crochet. Los trajes que luciría Luisanna, tanto en la boda civil como eclesiástica, serían encargados a una reconocida modista italiana.

Luis Alfonso inició conversaciones para adquirir una pequeña y moderna vivienda en la misma urbanización en la que vivían, construida por Pedro Luis, cuyo dueño, la tenía en venta. Luisanna estaba feliz, por encontrarse en el mismo sector, donde había transcurrido su infancia y adolescencia, pero además porque al comprarla, su madre y ella se encargarían de decorarla.

Después de once meses en los preparativos y con la fecha fijada por el novio:

¡Todo estaba listo para la boda!

El acto civil tendría lugar el día antes de la ceremonia religiosa, en casa del prometido, con la presencia del presidente del Concejo Municipal de Caracas, y en compañía del grupo familiar. La ceremonia eclesiástica, sería oficiada por Monseñor Olegario Martínez, ante el altar de la iglesia Catedral, a las siete de la noche y la fiesta nupcial, en los hermosos jardines que rodeaban la residencia de la novia, lugar en el que surgió la llama inapagable de su amor. Celina por su parte, esperaba con alegría la llegada de las cinco hijas, acompañadas por sus respectivos esposos.

¡Todo estaba listo para la boda!

La vivienda amoblada, decorada y bendecida por el Padre Gerardo, confesor de la familia Azpúrua Méndez, sería estrenada en la primera noche nupcial, antes de partir a la luna de miel en Paris y New York.

¿Quién imaginaría que toda aquella alegría de repente se transformaría en desgracia, luto y llanto?

La familia se reuniría, pero para acompañarse en el dolor y el asombro. Era imposible pensar que algo dramático pudiese suceder. Encontrarse las hermanas de Luis Alfonso con algo tan desgarrador, cuando todo era felicidad, de llegar a Caracas, con sus respectivos esposos, para celebrar junto a su único hermano el momento más importante de su vida...

Superar el dolor de su partida sería muy difícil. Lo mismo que llenar el vacío de la ausencia, impregnado de dudas y secretos.

Luego de unos meses, las hermanas regresaron a sus hogares. La Gata se quedó más tiempo junto su madre, tratando de indagar en las circunstancias que rodeaban el suicidio. Era complejo sacar conclusiones; muchas se centraron en las reuniones con el médico y el abogado, encargados del asunto. Ellos no estuvieron de acuerdo con las sospechas que abrigaban ella y Catalina. Tampoco tenía la Gata argumentos sólidos para fundamentar un homicidio y un culpable. A Marco Aurelio le pareció descabellado suponerlo y Blanca tuvo que regresar a New York, sin hallar respuestas ante tantas dudas y especulaciones.

Luisanna permaneció cinco años recluida en el convento. Desde entonces su vivir transcurrió entre soledades y aflicciones. El recuerdo de la funesta tarde de insensatez y soberbia, tatuaron de dolor sus horas, sus días y sus noches. Pasado un lustro, ni su arrepentimiento, ni sus oraciones habían logrado despejar de su mente o borrar de su alma, la sangre derramada del amado. Por largo tiempo solo estuvo en contacto con sus padres, su hermano Enrique y su amiga Ingrid. No quiso saber de nadie más. No deseaba preguntas de otra gente, ni tampoco sentir sobre ella sus miradas lastimeras. Perturbada y conmovida, corrió a encerrarse en el claustro. Su único deseo fue esconderse detrás del manto de Dios y sus únicas aspiraciones: vestir los hábitos y alejarse para siempre del mundo exterior. En todo ese tiempo conversaba sobre ello con la Madre Superiora y con el Padre Pablo, sacerdote encargado de celebrar las misas y la confesión de las monjas en el convento. Necesitaba convencerse y estar segura de su preparación para dedicarse a Él. Las dudas iban y venían revoloteando como mariposas enjauladas en su mente y en su corazón. No quería vacilaciones, ni mucho menos confusiones. Le pedía a Dios solo certezas.

Una noche en la que el silencio sólo era interrumpido, por el sonido de la lluvia cayendo sobre el pavimento empedrado, acostada en su lecho, leyendo una de las obras de Thomas Kempis "La imitación de Cristo" de pronto a Luisanna la invadió la nostalgia. De un tirón cerró el libro y lo guardó en la gaveta de la pequeña mesa, colocada al lado de la cama. Los recuerdos comenzaron a destejerse en su mente, girando en perfecto orden al pasado, cuando a sus trece años, ilusa creyó que Luis Alfonso se enamoraría de ella. Recordó el viaje de él a Boston y su llanto desesperado al escuchar a la propia Celina, contándole a Laura su cercana partida. Evocó la noche cuando convencida de la imposibilidad de su amor, prometió arrancarse del corazón ese sentimiento. Desde entonces, se obligó a no alucinar con sus fantasías románticas, rechazándolas con firmeza cuando ellas intentaban colarse en su pensamiento. La aparición de Luis Alfonso en Borgoña y en Paris, significó para ella un desafío del cual creyó haber salido invicta, logrando temporalmente continuar con su vida, sin la presencia de su imagen en la mente y en el alma.

Desde los días en Paris, luego del regreso de Luisanna a Caracas, no lo había vuelto a ver. Las veces que coincidió con Celina, se abstuvo de preguntar por él. Intentó aturdirse divirtiéndose en la compañía de sus amigas y amigos que la pretendían, así como en los viajes con la familia. De manera inconsciente, estuvo dos años esquivando el amor y cuando menos lo imaginaba, sorpresivamente se hizo presente en la celebración de sus dieciocho años. ¡Qué momento tan maravilloso, poder sentir el despertar de su corazón! ¡Qué feliz había sido, en los once meses transcurridos después de esa fecha y antes de aquel trágico día!

¡Qué dicha la de sentirlo suyo! Siempre pendiente de sus caricias, sus besos y todo lo concerniente a la boda. Cuánta impaciencia por vestir el espectacular traje blanco que listo esperaba en el maniquí, sin imaginar que allí frío como su corazón, se quedaría. Era imposible imaginar que aquellos días de felicidad total, tuvieran un final sangriento que la obligaría a buscar refugio entre las monjas. ¿Por qué la vida le tendría reservada esa estocada? Se estremecía rememorando la terrible escena suscitada a escasos días de la boda; causa y consecuencia del hecho infausto que sobrevendría luego. De pronto y y ante esas reminiscencias, Luisanna sintió el impetuoso deseo de volar y gritar ¡libertad! Corrió a la capilla y se arrodilló frente a la imagen de Jesús Crucificado y con lágrimas empapando su rostro, le confesó la decisión tomada: marcharse del convento. Las dudas se disiparon… Con certeza supo, que no estaba preparada para vivir enclaustrada. Un espíritu libre como el de ella, no podía seguir prisionero. El ropaje de monja no le iba y mucho menos la vida monacal. ¡Un lustro intentándolo, pero no, no era posible! Liberada de aprehensiones, culpas y remordimientos, comenzó los preparativos para abandonar el recinto religioso que la acogió en los momentos más terribles de su vida. Sintió que su alma había sido bautizada con lágrimas; las que profundamente habían emanado de sus ojos y de su corazón, durante esos largos cinco años.

Dos días después de su confesión a Jesucristo, Luisanna se encontraba en el amplio despacho de la Madre Superiora, sentada frente a su escritorio, conversando amigablemente en una despedida no exenta de tristeza. La Madre le obsequió el libro

"Camino de perfección" de Santa Teresa de Jesús, escribiendo en él una dedicatoria, como recuerdo de los años que permaneció entre las paredes de ese recinto de paz. Muy pronto los padres de Luisanna junto a su hermano Enrique, vendrían por ella.

La familia llegó a la hora acordada, según los requerimientos de Luisanna. La monja por su parte se encargó de buscar al Padre Pablo para que le acompañara en la despedida. Después de los saludos y adioses, la familia Azpúrua Méndez se dirigió al portón de salida del convento.

Luisanna se detuvo por un momento… y antes de poner sus pies fuera de él, cerró con pesados candados el pasado, segura de no deberle explicaciones al mundo. No era cuestión de desafiar a nadie, sino de esquivar y pasar por alto el fisgoneo de la gente. Su intención es vagar por el universo, aprovechando al máximo la vida.

Después de todo, Luisanna había decidido que aquel hecho sangriento y lamentable, no sería el que trazara el rumbo de su nueva vida. Quería ser feliz de nuevo, dejando atrás sus sobresaltos, sus pesadillas y las noches en la que despertaba aterrada, ante la visión de puñales que en la oscuridad brillaban, bailando en círculos frente a su cama.

Para ella comenzaba una nueva vida y también una nueva identidad. Quería olvidar y que olvidaran su nombre, borrarlo de su biografía y así se lo hizo saber a su familia, pidiéndole que comprendieran y lo aceptaran.

—Ya sufrí bastante y pagué la culpa de no reconocer que los grises existen, lo que tú, mamá, me repetías siempre: "No todo es blanco y negro"

—Deseo ser libre, no quiero nidos, ni guaridas, quiero ser gaviota y volar en busca de mi propio firmamento. Por eso, desde ahora les suplico a todos que me llamen "Libertad". De mi nombre conservaré la "L" de los dos.

Las lágrimas de Laura corrían como ríos, mojando su blusa blanca de seda. Conmovida, extendió sus brazos a Luisanna, la atrajo hacia su pecho y la cubrió con un apretado abrazo, tratando de apaciguar los sollozos de su corazón, diciéndole:

—Hija de mi alma, será como tú quieras. Lo que nos importa a todos, es que seas feliz de nuevo, que recuperes tu alegría y tu amor por la vida ¡Que vuelvas a ser tú!

Mientras su padre con los ojos húmedos y tomando sus manos, ratificaba lo expresado por su madre. Su hermano Enrique la besó con ternura, visiblemente emocionado la tomó por la cintura y por primera vez la llamó: ¡LIBERTAD!

Serena y de la mano de sus padres, caminó hacia el coche, rumbo al hogar que había abandonado, cinco años atrás. Muy pronto comenzaría su periplo por el mundo para olvidar y disfrutar a plenitud la vida. Apenas tenía veinticuatro años y un importante capital, legado de su "adoptado abuelo" papá Juan.

Cuando Luisanna salió del convento, ya tenía listo su proyecto de vida.

Pasó un mes con su familia y luego emprendió viaje a Suiza, específicamente a Laussana, una preciosa ciudad alpina, a orillas del lago Leman. Allí se instaló por algunos años. Se inscribió en una de las prestigiosas escuelas de idiomas, iniciando su carrera en lenguas y participando de una intensa actividad cultural. Feliz con sus compañeros de clases, todos más jóvenes que ella, se convirtió en la consejera y confidente de aquella muchachada que provenía de diferentes partes del mundo. Unas semanas antes de su primera navidad y animada por ellos, se les unió en Les Diablerets para tomar las pistas de la estación de esquí y recibir clases del deporte sobre hielo. Llegados al lugar, una de las muchachas del grupo, divertida comentaba:

—Según una leyenda medieval que me han contado, en este lugar reinan los diablos, de modo que los varones tendrán que estar preparados para batirse con ellos y evitar que nos derritan la pista.

Todos reían ante aquel anuncio y respondían que estarían dispuestos a combatirlos.

Las alegrías regresaban a la vida de la "auto bautizada" Libertad. Con resonantes carcajadas que aterrizaban en el imponente Montblanc, celebraba sus repetidas caídas y enredos entre los esquíes. En Gstaad, solo a media hora de la estación de esquí, su familia la esperaba junto a Ingrid, su amiga de la infancia; Eugenio el esposo y los padres de ella los Müller, para celebrar la navidad y el Año Nuevo. Esta familia de origen suizo había vivido por muchos años en Venezuela, sin olvidar sus tradiciones y cada año regresaban al hermoso chalet que tenían en esa localidad, para celebrar las fiestas.

Ingrid, se había casado dos años después de la muerte de Luis Alfonso.

Cuando Libertad llegó al chalet, un enorme pino adornado con una corona de flores y cuatro velas encendidas lucía orondo en la entrada principal y junto a él, todos la esperaban.

Luego de los abrazos y los besos, una curiosa Libertad preguntaba el significado de la corona de flores y las cuatro velas. Ingrid explicaba que cada domingo, antes de la navidad, se encendía una vela, representando el tiempo de Adviento, que daría comienzo a los festejos por la llegada del Niño Dios.

Al siguiente día, el veinticuatro de diciembre, una mesa luciendo un mantel rojo, con un arreglo central de velones verdes encendidos y piñones sobre un lecho de ramas de pino, esperaba a los anfitriones y a los huéspedes para la cena.

Los platos de porcelana blanca con bordes en verde, sobre otros de plata y las relucientes copas de cristal, aguardaban por los comensales que elegantemente vestidos de smoking y trajes largos, bajaban las escaleras dirigiéndose al comedor.

El menú de la noche estaba compuesto por un fondue con carne de ternera, cortada muy delgada y cocida en caldo hirviendo de vegetales; acompañado de diferentes salsas. Una pierna de jamón planchado, pavo asado, ensalada de papas y varias trenzas de pan de trigo, completaban el suculento festín.

Cumpliendo con la tradición, después de cenar, se le agregaron más velas al pino de la entrada. Sobre sus ramas se colocaron chocolates y galletas. Todos colaboraban con la decoración, entonando cánticos de bienvenida al Niño Jesús. En una de las esquinas, se armó un pequeño pesebre. En el ambiente reinaba la alegría. Libertad estaba feliz con la blanca, hermosa y diferente navidad, al lado de su familia y de los anfitriones, a quienes conocía de toda la vida. Se sentía complacida por sus costumbres ancestrales y el fervor por la llegada del Niño Dios, la conmovía. Regocijada no cesaba de preguntar, quería saberlo todo y los Müller encantados, satisfacían su curiosidad. Le contaron que el seis de diciembre, día de San Nicolás, se llenaban las botas que colgaban en la chimenea y se les colocaba el nombre de cada miembro de la familia y de cada invitado a la cena.

Los Müller acostumbraban a reunir en su casa, después de la Misa de Gallo, a los vecinos y amigos para tomar chocolate caliente y degustar los buñuelos que preparaba Alexia, la madre de Ingrid. Todos regresaban juntos de la iglesia y mientras los invitados entraban al salón y se sentaban frente a la chimenea, Günter el anfitrión, servía la humeante bebida elaborada con "Chuao" el mejor cacao del mundo; el mismo que las chocolaterías suizas importaban de Venezuela, por más de un siglo, para fabricar sus afamados y deliciosos bombones.

Entre el grupo de los invitados se encontraba Eduardo Blanco Alcántara, un diplomático venezolano muy amigo de Eugenio, el yerno de los Müller. Él era huésped de una familia vecina con los que esquiaba en esa época del año. Eduardo era soltero y tenía treinta y seis años. Luego de presentarlo a Libertad, Ingrid los tomó del brazo, caminando los tres hacia el salón, donde cómodamente encontrarían un lugar en el sofá.

—Eduardo es un gran amigo de Eugenio y un soltero empedernido—comentó con picardía Ingrid, mientras se sentaban.

—Así es Ingrid y tú conoces el motivo— respondió Eduardo mirando a Libertad—Me he enamorado de decenas de mujeres, pero hasta la fecha ninguna ha logrado desplazar a la única que ciertamente amo, la política— Admitía, mientras con elegancia encendía un cigarrillo—Una mujer que me ha quitado la paz y a la que no he podido renunciar. Ella ha llenado mis soledades y me ha enseñado a conocer las miserias humanas. A su lado me he topado con lo peor que radica en el ser humano: La mezquindad, la envidia, el egoísmo y la ingratitud.

—¡Eduardo es un idealista! — interrumpió Ingrid dirigiéndose a Libertad—es un demócrata innato, que concibe la política como una vocación de servicio.

—He conocido la ambición desmedida de políticos que, utilizando la ignorancia y el desamparo de los desvalidos, manipulan y engañan para obtener votos y posiciones de poder—prosiguió Eduardo, exhalando una bocanada de humo y encantado con el tema, que le permitía exponer sus ideas políticas.

—Coincido con tus sentimientos de repulsa a las ambiciones malsanas de algunos de ellos—opinó Libertad cruzando las piernas y mirando con interés a Eduardo—Al cinismo, a la falta de ética al manipular a los más débiles, aprovechando su ignorancia. No he tenido relación directa con la política, ni curiosidad por ese mundo tan ajeno a mí, por cuanto pertenezco a una familia apolítica; pero tuve un novio cuyo padre estaba muy involucrado en ese universo.

—Ingrid ¿recuerdas a Francisco? —le preguntó Libertad.

—¿Te refieres a Francisco alegre y olé? respondió jocosamente ella.

—¿Tu novio era torero o bailarín? —Curioso y a la vez divertido, preguntó Eduardo.

Las dos soltaron una carcajada, mientras se miraban evocando los bonitos recuerdos con Francisco Lares, el atractivo estudiante de ingeniería.

—No era torero—replicó Libertad con la risa aún a flor de labios—solo que, entre las visitadoras de esas casas de placer, tenía tanto éxito, que lo recibían con música y letra de pasodoble.

—El padre de mi novio fue un político, amigo de Juan Vicente Gómez. El tirano que encarcelaba en La Rotonda a opositores y les colocaba grilletes a sus pies, como vulgares criminales. Un dictador que se repartió a Venezuela entre familiares y compadres. Se hicieron amos de todas las industrias productoras más importantes del país, de haciendas e inmuebles.

—Estoy y estaré siempre en contra de las dictaduras, sean civiles o militares—añadió Eduardo. Nadie tiene derecho a someter a un pueblo despojándolo de su libertad y su patrimonio. Mi padre fue una de las víctimas de ese tirano; tuvo que exilarse en París y en esa ciudad transcurrió buena parte de mi vida. Estudié Derecho Internacional y fue a la edad de veinticinco años, cuando pude regresar a Caracas.

—Estoy de acuerdo contigo—afirmó Libertad un poco exaltada—. Ningún mandatario tiene potestad para despojar a los gobernados, de su libertad, ni apoyarse en las armas de la República para enriquecerse con los dineros públicos. Siempre he pensado que el llanto vigoroso que emitimos en el encuentro con la vida no es más que una advertencia al mundo que somos libres.

—Las dictaduras solo traen atraso, esclavitud y miseria. Debemos sembrar la democracia en nuestras tierras—agregó Eduardo, muy impresionado con las opiniones y la emotividad de ella.

—El que aspire a las altas magistraturas debe ser idóneo y gozar de una reputación inmaculada. Mientras estas condiciones no se cumplan, tendremos a pillos y a vivarachos ostentando una riqueza mal obtenida y un país saqueado. —Enfatizó Eduardo.

—La sociedad no debe tolerar y mucho menos aceptar la pasividad o complicidad de los llamados a imponer el castigo y por su parte, debe ejercer la sanción moral al culpable—Sentenció Libertad.

Eduardo Blanco Alcántara descendía de una familia prestigiosa y con fortuna. De aspecto agradable, sumado a una vasta cultura, que le facilitaba relacionarse.

En su alma llevaba arraigado los sentimientos de libertad y patriotismo. Era un hombre con los pies firmes en la tierra, apegado a los valores y principios inculcados por su familia. Sus compañeros de universidad lo llamaban "el gladiador" por su disposición a luchar por la libertad de Venezuela. En su temprana adolescencia, los padres tuvieron que frenarlo, pues varias veces quiso escaparse y abandonar sus estudios para ir a conspirar en su país natal. Conoció a Eugenio en la Universidad Sorbona de París y desde entonces, se hicieron buenos amigos.

Una madrugada convertida en alba, fue para él una grata velada, con esa mujer que acababa de conocer y con la que se sentía tan a gusto. Le fascinaba su nombre, Libertad, lo mismo que su personalidad desenvuelta y segura. También su gracia y exquisito humor. Ya habría tiempo de conocer "su vida y sus milagros"—Pensaba mientras sonreía.

El grupo de invitados que entre conversaciones, buñuelos y tazas de chocolate se había deleitado en esa noche navideña, se fue despidiendo de sus anfitriones y huéspedes. Eduardo y el matrimonio vecino, más tarde formarían parte junto a los Müller y los Azpúrua Méndez, de un programa preparado para los diez días que le restaban de vacaciones. Lo pasarían entre Gstaad, Lugano y Saint Moritz. En estos dos últimos lugares, se encontrarían con otros amigos.

Repartidos en los autos de los Müller y los Goecke, salieron muy temprano rumbo a Lugano. A la hora calculada de su llegada al lugar, amigos los esperaban en el pequeño hotel, donde se hospedarían.

—Entrar al cantón de la espontaneidad italiana ¡es un salto a la alegría! — Entusiasmada comentaba Libertad a los De Santis y Cavallaro, recién conociéndolos.

Luego de cruzarse presentaciones y saludos, registrarse y dejar el equipaje en sus respectivas habitaciones, todos partieron a la villa de los Santis, para almorzar; no sin antes dar un paseo por la ciudad y recorrer los alrededores del lago. Al llegar, un par de camareras uniformadas esperaban frente a la mesa del comedor, a fin de servir los platos que la cocinera había preparado para la ocasión. Comenzarían con un variado antipasto, seguido de un salmón en mantequilla de alcaparras. Luego un suave y jugoso ossobuco, acompañado de un risotto de alcachofas. No faltarían los vinos elaborados con las uvas cultivadas en sus propios viñedos, presentados por Santis con orgullo. De postre, una crema de castañas con chocolate derretido recibió el aplauso entusiasta de los invitados. Estos no escatimaron elogios al menú degustado, así como a los vinos que continuaban bebiendo, pues la charla al calor de los leños ardiendo y la vehemencia ítalo-venezolana se prolongaría en el salón de la villa.

Al siguiente día, luego de un desayuno en casa de los Cavallaro, fueron a la misa del domingo en la Catedral de San Lorenzo. Cuando el sacerdote iniciaba el acto religioso, Libertad arrodillada y con la emoción a flor de piel, elevaba su gratitud a Dios por los momentos que disfrutaba, después de las calamidades sufridas. Dio las gracias por la primera Navidad junto a sus padres y por la felicidad que sentía, al creer sepultada la culpa. Al concluir la misa y después de recorrer los pasillos de la iglesia, admirando en sus paredes los numerosos frescos renacentistas, partieron a Saint Moritz, la estación de esquí preferida por Eduardo y por la mayoría de los europeos aficionados a los deportes de invierno.

En la noche, una luna regocijada y plena, iluminaba laderas y montañas. La vista era todo un espectáculo. Entusiasmados por Eduardo, descendieron en trineos para cenar en un pequeño restaurant, muy acogedor, entre un bosque de pinos. Una gran variedad de platos tradicionales de la cocina alemana les fue ofrecido.

Transcurridos cinco días entre esquíes, parajes de ensueño y en la grata compañía de esa gente a la que apenas conocía, se activó una empatía mutua y juntos regresaron a Gstaad, para celebrar la llegada del nuevo año.

Siguiendo el curso de las tradiciones, el día treinta y uno, temprano en la mañana, fueron despertados por un grupo de hombres enmascarados, quienes iban de casa en casa, tocando las puertas para desearles un venturoso año. Otro grupo vestido con sus trajes típicos y tocando enormes campanas, recorría en procesión las calles para augurar un próspero año.

Libertad nunca olvidaría los alegres días en los que además de disfrutar el amor de sus padres, conocería a Eduardo, su primer amigo en esa etapa de su vida y con el que se reencontraría más tarde en otro de sus viajes, como turista empedernida.

Una vez concluidos sus estudios en Suiza, Libertad escogió Madrid como lugar de residencia. Se alojó en una de las suites de un pequeño hotel ubicado en la Gran Vía, frente a la Plaza de España. Desde aquellas navidades junto a sus padres y los Müller, no volvió a ver a Ingrid. Hacía más de un año que su esposo Eugenio, había perdido la vida en un incidente con guerrilleros de las FARC, en la hacienda de su propiedad, cercana a la frontera con Colombia. Al resistirse al secuestro que intentaban, murió por el impacto de las balas de los bandoleros que antes de dedicarse al cultivo, elaboración y tráfico de drogas, se financiaban del secuestro y de la ayuda de los hermanos Fidel y Raúl Castro. Estos delincuentes, bañaron de sangre el suelo colombiano, alterando la paz y la tranquilidad de sus connacionales. Incursionaron en Venezuela, asaltando fincas, secuestrando y asesinando.

Libertad quería abrazar a su amiga de toda la vida. Se sintió muy afligida por la desaparición de Eugenio y aun cuando ya había pasado un tiempo desde aquel triste suceso, deseaba consolarla y distraerla para alejarla de la tristeza que manifestaba en las cartas que le escribía. Por ello la invitó a encontrarse con ella en Madrid y así recorrer juntas un trozo de Andalucía, viajando en un tren turístico, que partía de la estación madrileña de Chamartín a Sevilla, Córdoba y Granada. Ingrid aceptó encantada la invitación a conocer esos territorios que por ocho siglos estuvieron dominados por los musulmanes, a los que denominaron "AlAndaluz". En el año 1492, el mismo año del descubrimiento de América, los Reyes Católicos culminarían la reconquista con la toma de Granada.

El tren que saldría a las seis de la tarde tenía una demora de dos horas. El atraso se debía a rumores de que el grupo armado y criminal de ideología nacionalista vasca "Euskadi Ta Áskatasuna" mejor conocido como ETA, había colocado una bomba en el trayecto Madrid-Sevilla.

Sin conocer aun la causa y aburridas por el retardo, Ingrid y Libertad entraron a una tienda de revistas y luego de ojear unas cuantas, se dirigieron a la caja registradora. Obstaculizando el paso hacia el lugar de pago, se encontraban conversando animadamente una pareja, acompañada de un caballero al que Libertad reconoció como Esteban Lander. Un empresario catalán, cuya imagen aparecía con frecuencia en los diarios de Madrid, elogiando su generosidad y colaboración en las actividades culturales. Era amigo de artistas y escritores, a los que financiaba e impulsaba. Él, advirtiendo la obstrucción, con gesto galante se disculpó y de inmediato se apartó. Atento esperó a que las damas pagaran y con simpatía les preguntó si eran parte de los pasajeros impacientes, que esperaban la salida del tren a Sevilla. La empatía de Libertad y el empresario fue instantánea y ambas amigas se sumaron al grupo. Esteban les informó la causa del retardo.

—¿Qué…? ¿Que los de ETA colocaron una bomba? —Preguntó Ingrid atemorizada.

—Sí, explicó Esteban. Esa era la información que se tenía, pero uno de los funcionarios me informó que todo ha sido una falsa alarma. De todos modos, han tomado las precauciones del caso. El tren desviará la ruta por la antigua vía; nos bajaremos unos kilómetros antes de Sevilla, allí nos estarán esperando unos auto-pullman para trasladarnos hasta la ciudad. Tales preparativos son la causa de la demora.

No había terminado el empresario con la explicación, cuando llamaron y juntos se dirigieron al andén de salida. El tren era de un lujo exquisito; decorado con maderas nobles, cortinas de terciopelo y mobiliario al estilo clásico, en perfecta armonía y buen gusto. Cómodas cabinas, coche-restaurant con menú gourmet, sala de juegos, piano-bar y un pub, complementaban el confort que todo viajero aspira.

Juani y Carmen Dolores, la joven pareja que hablaba con el empresario, vivían en Barcelona y estaban cumpliendo diez años de unión matrimonial. Eran divertidos y proyectaban armonía. Él, médico cardiólogo y ella odontóloga, eran amigos de Esteban quien proponía un brindis por el aniversario de sus bodas de cristal. Luego de chocar las copas con burbujeante champán, la pareja expresó su contento por haberlas conocido.

—Nos entusiasmó el itinerario programado, resolvimos celebrar unas bodas de cristal andaluzas, zapateando y cantando jondo, pero cuidando que no se rompa el cristal— Bromeaba Juani con picardía, mostrando su blanca y alineada dentadura.

—Mis razones no son bodas ni siquiera de madera— Comentó Esteban dirigiéndose a Libertad y a Ingrid— necesitaba salir de la rutina después de unas semanas difíciles y complicadas. Adoro Andalucía, el flamenco encabrita mi sangre y pone a bailar mis genes; mis abuelos eran andaluces.

Entre brindis y congratulaciones, Libertad e Ingrid

comentaron también los motivos de su primer viaje a Andalucía, que no era otro, sino asistir a la Feria de Abril, de Sevilla; conocer sus palacios, monumentos y lugares impregnados con más de dos mil años de historia. Lo mismo querían hacer en la Córdoba romana, mora y cristiana y en la Granada de misterios y ensueños; empaparse con la historia y la magia de Andalucía. Los tres compañeros de viaje prometían convertirse en sus mejores guías.

—Se lo juramos por la Virgen de la Macarena ¡Guapas! —Aseguraba Juanín imitando el hablar rítmico andaluz. Ahora caminemos al coche-restaurant porque estoy tan hambriento, que me comería una vaca embarazada.

La noticia sobre la bomba había sido un falaz rumor para mantener atemorizados a los madrileños. No hubo necesidad de utilizar los autobuses, llegaron directamente a la estación, solo que más tarde de lo programado y por ello después de cenar, todos se dirigieron a sus cabinas a dormir. Al siguiente día, después del desayuno, entre bromas y alegrías, los tres cicerones estrenaron su nuevo oficio llevando a las venezolanas al Alcázar, precioso conjunto de milenarios palacios de estilo mudéjar y a la Catedral gótica más grande del mundo, donde Libertad se emocionó con los vitrales de origen gótico y renacentista. Al terminar el recorrido, se fueron al complejo ferial, en donde los esperaba el dueño de una de las casetas, muy amigo de Esteban. Entre los invitados, se hallaba Eduardo Blanco Alcántara, quien muy contento al toparse con tan grata sorpresa, las invitó a dar una vuelta en uno de los carruajes tirados por relucientes caballos con arreos de madroños y campanitas de bronce, que tintineaban al compás del trote. Lunares, vuelos, mantones, peinetas y claveles, se paseaban compitiendo por las calles. A partir de entonces, Eduardo se les uniría, asistiendo con ellos a la plaza de toros de la Real Maestranza, cuya réplica de menor tamaño, hizo construir en Maracay el dictador, Juan Vicente Gómez. El tirano que sometió por veintisiete años a los venezolanos.

Fue una tarde de lujo, de emociones por el excelente cartel, los toros de casta y la gran faena que conmovió el ánimo de los aficionados a la fiesta.

Aleteando blancos pañuelos pedían orejas y rabos e indulto al noble toro, mientras las botas con manzanilla y vino volaban por encima de las cabezas en la concurrida plaza, celebrando la gran tarde.

Al siguiente día, temprano en la mañana, el tren partiría a Córdoba, llegando ese mismo día. Eduardo, viajaría desde Sevilla por carro para encontrarse con ellos en la noche.

De la estación partieron en auto, hacia esa maravilla arquitectónica de la CatedralMezquita. De allí siguieron al Museo Julio Romero de Torres, el afamado pintor cordobés. Libertad e Ingrid entusiasmadas comentaban acerca de su genio retratista y sus desnudos femeninos. Terminada la visita, caminaron por las callecitas angostas y empedradas. De cada lado, muy cercanas una de la otra, las casitas brillaban luminosas su blanqueo de cal. De sus balcones se asomaban macetas con geranios de alegres colores. En la pequeña plaza con una fuente en el centro y rodeada de pequeños restaurantes al aire libre, un grupo de músicos y cantantes de calle entonaban fandangos y soleares, con guitarras y castañuelas. Los turistas comenzaban a llenar las mesas y Libertad feliz con el jolgorio, propuso que almorzaran allí.

—El cordobés es alegre, dueño de una simpatía desbordante, muy orgulloso de su territorio y de su historia—Comentó Carmen Dolores, dirigiéndose a Libertad y a Ingrid.

—No saben lo contenta que estoy de haberlos conocido—interrumpió Libertad a Carmen Dolores, abrazándola. Mejores guías y amigos, estoy segura no hubiéramos encontrado. Amigos de viajes como estos deberían ser amigos de larga duración ¿no te parece? —Le preguntó Libertad con picardía a Ingrid, mientras se sentaban en la mesa.

—Me he reencontrado de nuevo con esta tierra, volviendo a los lugares que en mi adolescencia recorrí con mis padres, disfrutando Andalucía como si fuese la primera vez—expresó con satisfacción Esteban, mientras sonriente miraba a Libertad.

—Y yo les confieso—expresó con aire romántico Juanín, que Carmen Dolores y yo, hemos rememorado tiempos lejanos, cuando por primera vez respiramos el aroma de azahar de los naranjos en flor y nos enamoramos siendo aún niños.

—Fue un viaje programado por nuestros padres. Viajamos las dos familias, pues había una amistad de años. Juanín tenía catorce años y yo trece. El muy precoz se me declaró. Según él, fui su primera y única novia. — Agregó

Carmen Dolores, mientras le guiñaba un ojo a Libertad.

—Bueno, lo digo para que no te pongas celosa, pero la "verdad verdadera" es que cuando te declaré mi amor, tenía un despecho borracho, pues mi última novia acababa de romper conmigo.

—¡Lo sabía Don Juan de pacotilla! —Replicó Carmen Dolores con una carcajada.

Esteban un solterón empedernido, estaba deslumbrado con la venezolana de encantadores modales y espontánea simpatía, sentía curiosidad por conocer su vida, porque había algo en ella que lo intrigaba y no podía definir. Percibió la atracción que en tan poco tiempo provocaba en él y le atemorizaba. Sorprendido, se dio cuenta que en las pocas horas que no estaban juntos, pensaba en ella y se alegraba demasiado con el reencuentro. De su vida solo se sabía que era caraqueña, graduada en idiomas en Suiza, soltera y con veintiocho años. Que por el momento no regresaría a su país, pues había escogido Madrid como su puerto para zarpar en giras por el mundo. Para Esteban, conocerla y compartir este viaje había sido placentero. A sus treinta y cinco años, era la segunda vez que se había sentido tan cómodo al lado de una mujer.

Esa noche, tal como acordaron se encontraron con Eduardo en una tasca para saborear la variedad de tapas que ofrecían: Jamón pata negra, callos, langostinos al ajillo, bacalao en salsa de tomates y tortilla de patatas, rociados con buenos vinos y manzanilla de Sanlúcar. Al ritmo de las palmas y taconeos, el alegre grupo se reía, bailaba y cantaba, como si se tratase de viejos amigos. El ambiente y la música les removía y les revolvía los ancestros, como decía Esteban. Ingrid era la más tranquila, por su origen alemán y su reciente luto. Eduardo también se hacía eco del alborozo y del alboroto. Reencontrarse con Libertad lo regocijaba y lo deleitaba. Había viajado a Córdoba para estar con ella y la seguiría también a Granada, el próximo destino de los viajeros.

—¡Nadie se aburre, nadie se cansa! —Advertía Eduardo.

—¡Nadie! —Coreaban todos, mientras reían y aplaudían.

Esteban hizo buenas migas con Eduardo, lo mismo Juanín y Carmen Dolores. Nadie desentonaba en el grupo, donde sobraba el "don de gente" refinada cultura y delicada educación.

—¡Todos felices y a comer perdices! — exclamaba Juanín, mientras tomaba de la mano a Carmen Dolores, para bailar un flamenco que con ímpetu arrancaba de las guitarras y los cantaores.

—Si el paisaje de Sevilla a Córdoba fue de vértigo, el de Córdoba a Granada es para morir de éxtasis— comentó con vehemencia Libertad, una vez que llegaron a Granada.

—Y prepárate para ver los atardeceres desde la Alhambra, la ciudad amurallada construida en una colina, que fuera al mismo tiempo fortín, ciudadela y palacio de los reyes moros —con elocuencia advirtió Esteban—El último baluarte de los musulmanes te sorprenderá por su estilo arquitectónico, sus espléndidos jardines y decoración interior. Es una hermosa muestra de exquisito refinamiento en el que vivían los sultanes.

—Ingrid, —advierte Libertad con seriedad a su amiga— antes de entrar y para evitar morir decapitadas, debemos recordar las historias que Sherezade le contaba al Sultán.

—¡Moriré entonces la tercera noche! —replicó Ingrid con cara compungida—pues de las mil y una, si acaso recuerdo tres.

Una vez dentro de la edificación, Libertad no se perdió ningún detalle de la decoración; los grabados de las paredes, los motivos y los colores. De las cúpulas y sus diferentes estructuras arquitectónicas. Le fascinaron los contrastes cromáticos. Ufana recorrió el bosque de columnas de mármol, se detuvo en las fuentes y lo examinó todo. Al final, los jardines y los grandes estanques la enamoraron.

Esa noche se encontraron de nuevo con Eduardo, quien los esperaba en una de la Cuevas de Sacromonte, donde se presentaba el mejor espectáculo. El baile de la Zambra, del que Juanín y Carmen Dolores, tenían las mejores recomendaciones. Con calles empinadas, Sacromonte es el arrabal de los gitanos granadinos y cuna del flamenco. Para esa noche, Libertad vestía un traje de gitana, que al pasar esa tarde por una tienda se le había antojado comprar. Números collares de distintos colores, caían sobre la blusa dejando ver su cuello, escote y hombros. Unas grandes argollas colgaban de sus orejas, jugueteando con su inquieta melena.

—Estás muy bella—Le susurró Eduardo al oído, cuando la saludó. Susurro que no pasó inadvertido para Esteban, que galante y sin perder tiempo, le ofreció una silla a su lado. Antes de comenzar el espectáculo, Carmen Dolores ofreció a Libertad y a Ingrid, una descripción sobre el espectáculo que verían a continuación.

—La zambra es una danza sensual y flamenca que los gitanos de Granada bailaban como rito prenupcial. La fiesta solía durar toda la noche. La novia vestida con una falda de lunares larga y muy ancha, blusa amarrada al busto y los pies descalzos, imprimía a sus movimientos danzantes una provocativa sensualidad, subiendo la saya, mostrando piernas y muslos. —Les gustará, afirmaba Carmen Dolores, al tiempo que tomaba un sorbo de su copa de vino.

Terminada la danza, los músicos rasgueaban las guitarras, comenzaban a sonar las palmas y marcaban los compases de una rumba flamenca. Pasadas las dos de la madrugada y una vez concluida la jarana, los "entonados" amigos se levantaron de la mesa, disponiéndose a salir. Una gitana anciana, se acercó a Carmen Dolores —que con unas cuantas copas de vino a cuestas no dejaba de cantar y zapatear—pretendiendo venderle unas burdas castañuelas de ínfima calidad, por altísimo precio. Carmen Dolores ofendida al saberse engañada, se lio en una discusión con ella.

—¿Y esto qué es? No suenan, solo traquetean. ¿Me ve cara de tonta? No las quiero ni regaladas—Espetó.

La gitana enojada le respondió con una lenguarada en jerga caló. Juanín tomó del brazo a Carmen Dolores, apresurándose a sacarla del lugar y cantándole al oído en tono de flamenco:

—¡Ayyyy… mi Carmina Lolaaaa, te acabaaaan de echaaaaar una mardición!

Y efectivamente así fue. Al otro día amaneció con gripe y fiebre alta, que días después se volvió bronquitis. Tiempo después Carmen Dolores le contaría a Libertad, por teléfono, que Juanín no se cansaba de decirle: —Te fijas mi amor, de que vuelan, vuelan con escoba y gorro.

CAPÍTULO 11

Marina, Libertad & Esteban

ℰ⌇𝕆𝔾⌇ℯ

Habían pasado quince años desde el día que Libertad abandonó el convento, cambió de nombre y enrumbó su vida hacia otros derroteros. Desde entonces, su fortaleza y voluntad han permanecido incólumes, sin dar marcha atrás a sus propósitos. Encontró una nueva manera de vivir y se sintió en paz consigo misma. En memoria del "abuelo" generoso, del papá Juan, con la importante suma de dinero que le dejó al morir, estableció en Madrid un Centro de Atención al Anciano. En dicha institución, los mayores con escasos recursos económicos recibían gratis atención médica no hospitalaria, medicinas y exámenes radiológicos. Su tiempo lo compartía entre dar vueltas por el planeta y el trabajo humanitario de su fundación que, así como sus viajes, la complacían y satisfacían, por ese amor que sentía hacia los desvalidos.

Al regreso de uno de sus viajes por el mundo, se preparaba para asistir esa noche al teatro Calderón, uno de los más hermosos de Madrid, el cual estaba de fiesta. Se inauguraba la temporada de zarzuelas con la obra póstuma del reconocido compositor andaluz, Francisco Alonso. El acontecimiento suscitó tanta expectativa, que luego del anuncio en cartelera, se agotaron las entradas. En el foyer repleto de intelectuales, políticos y admiradores de las obras musicales del maestro, una novel periodista, Marina Toro Velasco —recién egresada de la Universidad Complutense— se encontraba al tope de la exaltación. El motivo de tal efervescencia se debía a su debut como reportera e inicio laboral en una reconocida revista dedicada a eventos culturales. En un pequeño grupo de personajes de la sociedad madrileña, divisó a un gran amigo de Roberto, su padre, el conocido mecenas Esteban Lander y contenta, se acercó a saludarlo. A su lado, una elegante dama derrochaba glamour y simpatía. No era hermosa, pero sí exótica de un atractivo felino. Sus grandes y almendrados ojos de un color extraño, entre pardo y amarillo, obligaban a asociarlos con los de un tigre cachorro, o con los topacios que se exhibían en las vitrinas de las joyerías brasileñas. Su piel era muy blanca y su cabellera de un color castaño-mediano, coqueteaba sobre sus hombros. Su mirada encandilaba más que un bombillo de alto voltaje, pensaba Marina, cuando Esteban le presentó a Libertad.

Dentro de aquel corrillo de gente famosa, el encuentro con Esteban y la acogedora sonrisa de la recién conocida, calmaba los nervios de la incipiente periodista. No pasaría mucho tiempo, sin que Marina intrigada se preguntara, si la dama que tenía frente a ella y a la que le calculaba unos cuarenta años, sería la misma que Esteban no había podido conquistar en su larga carrera de seductor, como él mismo le comentara a su amigo Roberto.

Agradable y simpática, Libertad conversaba animadamente con ella, ignorando que esa linda periodista española, con porte de princesa mora, era la hija de Luis Alfonso y de Carmela; la cantante y bailaora de flamenco, cuyo repentino descubrimiento en la historia de su prometido, fuera la causa de su inesperado arrebato. La violenta ofuscación que le impidió reflexionar, dando lugar al rompimiento de la boda y a lo que de seguidas acontecería.

Marina tenía un borroso recuerdo de Luis Alfonso, su padre biológico. La última vez que lo vio y estuvo en sus brazos, tenía apenas cuatro años. Fue la tarde del reencuentro de los examantes en la cafetería del hotel, donde Carmela se hospedaba. Estaba por cumplir sus últimas presentaciones en Caracas, antes de abandonar la carrera y contraer matrimonio. Un encuentro fugaz, que dio lugar a la ruptura de Luisanna y Luis Alfonso, desencadenando la tragedia que culminó en el inexplicable hecho de sangre. Un trágico evento al que la Gata, hermana de Luis Alfonso, definiría como absurdo y sospechoso, según los prolegómenos del caso.

Cuando el rompimiento de la relación hiciera añicos el corazón de Carmela, desesperada huyó de Caracas a México. Allí afanosa se dedicó por completo a su carrera. Firmó contratos para rodar en los Estudios Churubusco, una película como protagonista. Luego tendría presentaciones en el Capri, la sala de fiestas del Hotel Regis en Ciudad de México y en hoteles de Acapulco.

El intenso trabajo desplegado le serviría de fortín para ocultar su pena. En esos once largos meses no tuvo ningún contacto con Luis Alfonso y él tampoco supo de ella, hasta que regresó a Caracas para cumplir con un último contrato.

Cuando Marina recién iniciaba sus estudios universitarios, su madre murió de un cáncer de páncreas. Carmela se había casado con el Doctor Roberto Toro Vegas, un médico madrileño que había adquirido excelente fama por sus diagnósticos certeros. Admirador de su arte y de su garbo, era asiduo asistente a sus espectáculos en Madrid, donde la había conocido y galanteado. Durante una de las presentaciones de Carmela en Acapulco, coincidió con ella y allí supo que la amaba. Una recién abandonada y desconsolada Carmela, se dejó querer por el galeno, aceptando finalmente sus proposiciones de matrimonio y de renunciar a su carrera.

Marina, una niña melosa, se apegó al padrastro al que comenzó a llamar papá. Él también se encariñó con ella y a los pocos años de casarse con Carmela, legalmente la adoptó. Fue un matrimonio bien avenido, se quisieron mucho y los tres fueron muy felices. Para Marina, su padre era Roberto Toro Vegas; todo lo que era y lo que tenía, se lo debía a él. Al morir su madre, fue el soporte de su existencia en el vació territorial y espiritual que su ausencia dejó. Marina hizo por él, otro tanto; se querían y respetaban mucho. El consultorio, el hospital, los pacientes; la universidad y los libros, fueron los paliativos de ambos para aliviar la mordida del destino.

A menos de un año de su primera incursión como periodista, Marina se casó en Madrid con un colega egresado dos años antes, de la misma universidad en la que ella estudió. Provenía el novio de una familia con intereses en la industria de la radio y trabajaba en una emisora del circuito radial, perteneciente a sus tíos. La tristeza y el vacío por la ausencia de su madre en la ceremonia, fue la misma que sintió en el acto de graduación; pesar compartido por Roberto.

Ella sin mucha emoción había emprendido los preparativos del ajuar de novia y la tarea de escoger su traje blanco. Fueron momentos en los que extrañó terriblemente a su madre. Carmela fue para ella un ser muy especial y será un recuerdo presente en su vida. Desde su partida, no ha dejado de rezarle cada noche. Además de tener a su madre en el cielo velando por ella, Marina tendría también a un angelito pendiente de sus penas y alegrías.

Su boda fue sobria y se llevó a cabo en la intimidad familiar. El día antes y acompañados por Roberto, los novios asistieron a la misa de las seis de la mañana y comulgaron. Al regresar a casa de Roberto, el novio bajó de su auto, un regalo enviado por un familiar a su dirección. Un estuche conteniendo doce hermosas copas de cristal tallado; una resbaló al suelo, quedando de ella sólo trizas. Marina predispuesta a la superstición por sus genes gitanos, pensó que era un mal presagio.

Marina era inteligente, trabajadora y guapa, como lo fue su madre.

Su vida emocional había sufrido altos y bajos con la enfermedad de Carmela, su deceso y luego la pérdida de su primera hija, por un aborto espontáneo y prematuro.

El no haber tenido hermanos, la apremiaron a soñar y desear una familia numerosa. Su más grande ilusión era salir embarazada la misma noche de boda, deseo que no se cumplió. Sólo cuatro meses después logró quedar encinta y así fue como triunfal y alborozada anunció las buenas nuevas a sus familiares y amistades.

—¡Al fin concebí! ¡estoy embarazada! Y fervientemente deseo que sea una niña— efusivamente les dijo a todos. A los dos meses de la gestación, Marina comenzó a sangrar y fue hospitalizada, perdiendo a los tres días lo que su vientre albergaba. Lloró por aquel pedacito de carne que apenas se formaba. Al verla tan desconsolada, una de las monjas enfermeras del hospital, se acercó a su cama.

—Hija, eres muy joven, más pronto que tarde volverás a estar en estado de buena esperanza. Ese ser quiso volar antes de tiempo y sé que en este momento ya está cerca del Señor. Será siempre tu guía y protector. ¿Sabes? era una niña.

—Hermana, ¿Cómo lo sabe? —Preguntó Marina sentándose en la cama.

—Por experiencia. Y no pienses más en ello. La hemos enterrado en el jardín, cerca de un limonero. Piensa solo en esa alma celestial, en tu ángel... —Le aconsejó la monja y besando sus manos con ternura, salió de la habitación.

Marina nunca olvidó esas palabras, ni al angelito que tanto lloró. Cuando se encontraba perdida, solicitando ayuda acudía a él y sentía su presencia. Se convirtió en su amuleto y con nadie compartió ese secreto. A su madre y a él les dedicó sus éxitos laborales, que paralelos a las penas, seguirían llegando a su vida.

Cuando menos esperaba, se encontraba de nuevo preñada, otra vez deseaba que fuera una niña y una niña fue. En honor a su abuela fue bautizada con el nombre de Carmela Eugenia. Su dicha era infinita, pero su matrimonio no funcionaba. Juan Carlos su marido, era un hombre difícil, al que le costaba exteriorizar el afecto por la gente que amaba. Su humor no era consistente, un día reía y al día siguiente le fruncía el ceño a todo aquel que lo mira. Era neurótico, poco sociable y antipático. Además, era celoso, posesivo y dominante. Un hombre con muchos traumas, producto de una niñez sin la compañía y el amor de sus padres, quienes desaparecieron en un naufragio, cuando él tenía siete años. Los psiquiatras a los que acudió no podían resolver sus problemas. En su orfandad, quedó al cuidado de un tío materno y de su esposa. Cuando Marina se enteró de esa triste historia, se conmovió hasta las lágrimas y con las mejores intenciones de suplir sus carencias y ofrecerle el amor que le había faltado, aceptó casarse. Después se dio cuenta del desacierto cometido. Su amor por él solo fue piedad y no era sano prolongar esa situación. Todo esto le recordó la novela "La impaciencia del corazón" del escritor austríaco Stefan Zweig, que leyó a los trece años.

En el periodo del noviazgo, hubo separaciones y en una ocasión ella planteó el deseo de terminar definitivamente la relación, pero las súplicas de él la enternecieron e hicieron flaquear una vez más su voluntad. Entre ambos hubo una atracción sexual y respeto mutuo en el trato. Las razones para que ella mantuviera la unión por cuatro años y no hubiese pronunciado antes su intención de dar por terminado el vínculo, tenía sus motivos en la buena educación de Juan Carlos. Sus principios sólidos, su pulcritud y orden en la convivencia, permitieron darse un plazo hasta estar segura. Lo que no pudo tolerar fue su amor enfermizo y avasallador que la intoxicaba. Los celos que tenía de su familia, sus amistades y hasta de su propia hija. A Marina le dolió infinitamente el desapego de él; le fue imposible tolerar la situación y comenzó a rechazarlo. Persuadida de que todo había sido una equivocación, que no lo amaba ni lo amaría, le expuso su decisión irrevocable de divorciarse. Entre discusiones y malas caras, Juan Carlos comenzó una campaña de manipulación para disuadirla, pero esta vez, argumentos y alegaciones cayeron al vacío. Marina no se dejaría convencer. Carmela Eugenia, su hija, la llenaba de amor y por ella estaba dispuesta a tomar acción y no dejarse embaucar.

Por otra parte, estaba contenta con su trabajo en la revista donde seguía laborando. Escribía artículos para un diario y tenía un programa radial de encuentros con personajes de la vida pública y privada, que había alcanzado un alto rating. Era una mujer inquieta, que sentía placer al estar ocupada y gozar de su independencia económica. Y como la vida es inexorable, en vez de un divorcio, a Marina le sobrevino la viudez.

A Juan Carlos una repentina apendicitis aguda, se le transformó en peritonitis y ni siquiera su suegro el Doctor Toro Vegas, logró salvarlo. A partir de ese lamentable acaecimiento, la vida de Marina discurrió entre el cuidado de la niña y su trabajo. A pedimento de Roberto, Marina y su niña se mudaron a su casa. Vendió el apartamento donde vivían y compró un pintoresco chalet en la Sierra Norte de Gredos, Provincia de Ávila, en donde pasaban los fines de semana disfrutando del clima, de sus paisajes y de la gastronomía local.

En los números actos sociales que a Marina le correspondió cubrir, después de la noche de su debut, no volvería a encontrarse con Esteban, ni tampoco con Libertad. Fueron tiempos en los que su vida sentimental padeció chubascos y tormentas, logrando guarecerse en sus tres amores: Su hija, su padre y su carrera. Pasado el temporal, su existencia era plena. Su causa y su motivo era Carmela Eugenia, por ella, persiguió el éxito en su trabajo y en todo lo que emprendió. Sus sueños y anhelos los sintetizaba en el porvenir esplendido que ambicionaba para ella. Poder ofrecerle una formación escolar y académica en los mejores colegios y universidades de España y del extranjero. Conocimientos que le concedieran satisfacciones en su andar por la vida. Carrera e idiomas que le permitieran desenvolverse en cualquier escenario que la vida le deparara. Eran las metas que Marina se había impuesto alcanzar, para que el futuro de la hija que tanto deseó, fuera fácil y espléndido.

Faltaban diez días para que Roberto, su padre, cumpliera años y Marina se propuso darle una sorpresa, organizando una cena en el Hotel Ritz.

Sabía muy bien lo mucho que le gustaban a él sus restaurantes, por el excelente servicio y el ambiente. A veces los dos se citaban para almorzar allí y dar una vuelta por los museos cercanos. Marina conservaba hermosos recuerdos de la primera vez, cuando con apenas diez años, sus padres la llevaron a tomar el té en sus jardines. Esa inolvidable tarde, mientras saboreaba los deliciosos bocadillos y curiosa miraba los alrededores, Roberto le narraba historias sobre el espléndido lugar. Recuerda que con su actitud de profesor le explicaba que el Ritz había sido el primer hotel de lujo construido en Madrid. Lo había inaugurado el Rey Alfonso XIII acompañado de su esposa, la Reina Victoria Eugenia. Un hotel muy visitado desde entonces por la realeza europea y gente muy importante.

Entre las historias, le contó la de una de sus asiduas huéspedes, una famosa bailarina de danzas exóticas, de origen holandés, quien se hizo pasar por una princesa de la Isla de Java; un lugar para entonces, muy remoto y extraño. Le refería que la impostora se había inventado el nombre de Mata Hari, y que ella, al igual que sus bailes, causaron furor en el París de la época. Al final de la Primera Guerra Mundial, había sido fusilada por un pelotón de franceses, acusada de espiar para Alemania. Marina sonreía evocando la vehemencia con la que interrumpía a su padre, deseando indagar más sobre la vida del personaje, que en el futuro diera lugar a innumerables leyendas. Siempre había pensado que los relatos de Roberto y sus referencias a hechos del pasado, eran el punto de partida en su gusto por la historia y la lectura.

Entusiasmada Marina con el cumpleaños de Roberto, consideró invitar a Esteban y sugerirle que viniera acompañado con una amiga. En esos días le había comentado a su padre, el tiempo que tenía sin verlo y le preguntó si sabía de él, de su vida y sus nuevos amores. Marina guardaba un gran cariño y agradecimiento por el apoyo moral que les brindó cuando murió Carmela. Las distancias entre las ciudades donde habían vivido dificultaban que el trato personal fuera tan continuo como querían y ahora que Esteban se había mudado a Madrid, su vida nómada no permitía que se vieran a menudo. La amistad de Roberto y Esteban tenían viejas raíces, desde sus tiempos de la infancia, cuando ambas familias vivían en Barcelona.

—Como bien sabes hija, Esteban es un trotamundos y un Casanova. Tal vez pudo conquistar a la dama que hace tiempo me mencionó o estar en una de sus travesías, acompañado por otra; quizás por la que tanto te impresionó el otro día. La última vez que nos vimos, me dijo que estaba enamorado y estaba tras los pasos de la mujer que en ese momento creía amar, pero no pronunció su nombre, ni tampoco dijo si era la misma que me había mencionado antes. Él es un hombre discreto y como yo también lo soy, no quise indagar.

¿Qué tal si se presentaba con Libertad? — imaginaba Marina—Volver a ver al amigo y que su padre conociera a la dama de la que ella le había hablado, pudiera sorprenderlo gratamente. Además, sentía una morbosa curiosidad por saber si Libertad era la misma mujer a la que Esteban se refirió, cuando comentó a su padre que estaba enamorado. Entusiasmada con la idea y esperando encontrarlo, lo llamó a su número directo.

—¡Hola Esteban que bueno encontrarte! —Le dijo con voz complacida al saberlo en Madrid— ¿Qué ha sido de tu vida? Mi padre y yo hace tiempo te extrañamos.

—¡Querida! ¡Cuánto gusto oírte! ¿Qué tal estás? ¿Y Roberto cómo anda? Tienes razón mi niña, años sin vernos. Me la he pasado fuera de Madrid, como un saltimbanqui brincando de un lugar a otro. Hace apenas tres días llegué.

—Mi padre está muy bien, pendiente como siempre de sus enfermos y de sus clases en la universidad. Precisamente te estoy llamando porque el día doce de este mes, será su cumpleaños y le estoy preparando una sorpresa. ¿Estarás aquí para esa fecha?

—Sí, claro que estaré aquí. Y cuéntame, ¿Qué estás tramando para ese día?

—Bueno, se me ha ocurrido llevarlo a cenar al Goya del Ritz, tú sabes que a papá le encanta.

—Buena idea muchachita, para mí será como siempre un placer verlos y acompañarlos.

—Pienso reservar para las diez. Por cierto, me gustaría que vinieras acompañado por una de tus tantas amigas. ¿Qué te parece encontrarnos a las nueve y media en el lobby central y tomar antes unas copas en el bar?

—¡Por supuesto Marina, me parece formidable, ¡allí estaré! Y para complacerte iré acompañado—aseguró, con una sonora carcajada.

—¡Fabuloso! No sabes cuánto me alegra que nos acompañes. Mi padre estará muy contento con la sorpresa de verte y yo también. Un abrazo y un beso.

—Hasta el día doce mi querida Marina, un abrazo inmenso.

Esa noche, con la puntualidad británica que aprendió durante los años que estudió en Oxford, a las nueve y media en punto, entraba en el lobby acompañado nada menos que por Libertad. Ella elegantemente vestida con un traje negro de escote cerrado, mangas largas y puños blancos; en el cuello un collar corto con tres vueltas de perlas blancas y en sus orejas unos pendientes de oro blanco con una perla colgante en forma de pera. En el antebrazo izquierdo llevaba con gracia una estola blanca de piel de lince. Esteban con ese porte de príncipe que lo caracterizaba, lucía un terno de Casimir en color gris mediano; del chaleco asomaba una corbata de seda en rojo granate y en el bolsillo, un pañuelo del mismo color con diminutos lunares al relieve, complementando su vestimenta. Mientras del brazo de su padre, se acercaba Marina a recibirlos, efusiva murmuró: —Papá, ella es Libertad, ¿no te parece una pareja de película?

El encuentro de las dos había sido placentero, parecía que se conocían de toda la vida y apenas se habían visto una sola vez hacía cinco años. Una corriente de ternura fluyó de nuevo en Libertad con el reencuentro. Después de los saludos y presentaciones, las dos caminaron juntas hacia el bar, seguidas de los hombres.

Luego de sentarse y tomar la primera copa de champán que un atento mesonero había servido, Marina brevemente reseñaba lo ocurrido en esos cinco años que tenían sin verse; su matrimonio, el nacimiento de su hija y su viudez. Ellos comentaron acerca de sus desplazamientos por el mundo. Luego los dos hombres se enfrascaron en una conversación sobre los últimos acontecimientos del mundo internacional.

La reunión estuvo colmada de mutua simpatía y afecto entre Libertad y Marina. Rememorando ambas, la noche que se conocieron en el Teatro Calderón. Libertad se interesaba afable por su matrimonio fallido, por su hija y su carrera periodística, al mismo tiempo, la hacía partícipe de las impresiones por los lugares que había conocido. Le contaba sobre su fundación, de su amor por los ancianos y las satisfacciones emocionales que le deparaban sus labores sociales. Le hablaba también sobre su familia; de sus sobrinas a las que adoraba y de su mejor amiga Ingrid.

En esa celebración de cumpleaños de Roberto, Marina le expresó a Libertad, lo contenta que estaba de volver a verlos juntos. De la amistad, el afecto que existía entre su padre y Esteban y de la excelente persona que él era.

—Libertad, te confieso que deseaba esta velada únicamente con ustedes dos. No quise invitar a nadie más, ni a los amigos más íntimos de mi padre, ni a la familia. Fue un querer deseoso el encuentro de papá con Esteban y que él viniera acompañado contigo.

A mi padre hace tiempo le comenté las buenas impresiones que tuve cuando te conocí, de las ganas que tenía que él te conociera y que Esteban te escogiera como compañera—Con efusividad, le revelaba Marina.

—De acuerdo, Esteban es una gran persona, un caballero y un exquisito amigo. Mi familia lo conoce y siente mucha estima por él. En algunas oportunidades hemos viajado con ellos y también con Ingrid, mi amiga. Las dos estábamos juntas, cuando conocimos a Esteban y no te imaginas lo agradable y divertida que fue esa experiencia.

Era tarde y Esteban amablemente la interrumpió para preguntarles si no se habían fijado en la insistencia de los camareros, pues era de madrugada y querrían irse a dormir. Ambas se sorprendieron por la hora, el tiempo transcurrió muy rápido. Se levantaron y aprobando la solicitud de Esteban, tomaron sus carteras, sus estolas y juntos salieron, no sin antes prometer verse pronto.

Cuando Roberto conoció a Libertad, quedó impresionado con el increíble parecido con Claudia, la exesposa de Esteban. No solo en lo físico, si no también en su estilo y forma de desenvolverse. Visiblemente emocionado le refirió a Marina, en el coche de vuelta a casa, la sensación que tuvo al tenerla enfrente; el impacto por su semejanza e incluso por el timbre de voz, tan similar al de Claudia.

—En ese momento que Libertad habló, sentí temor de no poder controlar mi turbación.

No sé si Esteban se daría cuenta, ni tampoco si estaba consciente de tan increíble parecido— advirtió Roberto, con aire de preocupación.

—Papá… ¿Será que existen hombres con un modelo de mujer dibujado en su mente y en su corazón y por ello tienden a repetir el arquetipo? Intrigada, le preguntó Marina.

—A Esteban, —afirmó Roberto—le he conocido otras mujeres y ninguna tenía el tipo de Claudia, por el contrario, eran todas muy distintas. De allí mi desconcierto cuando vi a Libertad. Tengo la impresión de que ella será la definitiva. Fue tan inmenso el amor que Esteban sintió por Claudia, que cuando falleció, se encontró al borde del precipicio. Sin la ayuda profesional que recibió de un excelente psiquiatra y el afecto solidario de ambas familias, así como de sus amigos, hubiese sido imposible que no se lanzara por el despeñadero. Sus dos hermanas menores, a las que adora, se convirtieron en su sombra; en las dos columnas en las que se apoyó por mucho tiempo.

Los dos se amaron con igual intensidad, fue una relación bonita. Claudia fue una muchacha muy especial, inteligente, generosa y cálida que dejó su mundo mexicano para construir uno nuevo junto a él en España. A pesar de su juventud, tenía gran madurez. Para entonces, Esteban no era el "Don Juan" en el que luego se convertiría.

Llegaron a la casa y a pesar de lo avanzado de la hora, a solicitud de Marina, ambos continuaron con la conversación, en el amplio salón de grandes ventanales, decorado con muebles al estilo Luis XIV. Marina se quitó los zapatos y acomodó sus piernas en el mullido sofá azul, mientras Roberto, despojado del saco y la corbata, se sentó en la esquina recostándose entre el respaldar y el ancho brazo del mueble.

—Tú me habías hablado hace tiempo sobre el fallecimiento de ella y su bebé, ahora sigue contándome... —Dijo Marina reiniciando la conversación.

—Recuerdo como nuestras largas pláticas se prolongaban hasta el amanecer. El dolor de hablar de sus pérdidas le nublaba la mente y el corazón, impidiéndole preocuparse por el tiempo. Es la única mujer que ha dejado una profunda huella en sus sentimientos y emociones. Su recuerdo y el juramento que le hiciera, no creo que hayan sido los únicos culpables de su soledad de viudo empedernido, pienso que existe otra razón. En lo económico, Esteban ha sido exitoso, desde joven se dedicó a la representación de artistas plásticos, a comprar y vender sus obras y a viajar por el mundo, en busca de talentosos maestros del pincel. Su profundo conocimiento del mercado del arte, su buen ojo y dedicación, lo convirtieron en un empresario rico y en un mecenas. Ha sido un hombre honesto, íntegro, generoso y muy apreciado en los diferentes círculos donde se mueve. Esteban fue un niño de alma sensible y soñadora —prosiguió Roberto— uno de sus grandes amores fue su abuela materna. Cuando los separaron, también fue ella su primera aflicción. Desde que abrió los ojos se había acostumbrado a tenerla cerca, a conocer su olor y a identificar su voz. Placentero escuchaba

—mientras se chupaba su dedo pulgar— las melodías que tarareaba, cuando lo dormía en sus brazos. Prestaba atención a los divertidos cuentos que la abuela inventaba para satisfacer su curiosidad de niño inteligente y reía con ella a carcajadas. Su abuela fue la compañera de sus primeros juegos, la espectadora en primera fila, cuando ante un improvisado micrófono, él cantaba o discurseaba y ella orgullosa aplaudía y lo besaba. Fue fanática de sus primeros garabatos y después admiradora de sus dibujos y pinturas, porque a Esteban desde pequeño le gustó el arte y la lectura. En estas veladas diarias que pasaban juntos, ella le contaba historias sobre el sol, la luna y las estrellas, luego le recitaba poemas de princesas, príncipes y hadas. Para esa abuela, ese nieto fue el amor de su existencia. Cuando Esteban pasó al segundo grado de primaria, por triviales problemas ajenos a los dos, se separaron. Desde entonces, se vieron a través de las rejas del colegio. Ella religiosamente acudía cada día, a la hora del recreo; tras la verja conversaban y mutuamente se expresaban su cariño. Un "te quiero" de él bastaba, para que dentro de su corazón comenzaran a oscilar cientos de diminutas campanillas de cristal y la música ahuyentara sus pesares. Hasta que un mediodía a Esteban le sorprendió su ausencia; por primera vez, no apareció ese ser que tanto amaba. Afligido la esperó, hasta que un compañero, por orden del maestro, fue a buscarlo para que regresara al aula. El motivo de su no presencia, fue la muerte, que había ido a buscarla mientras dormía.

Para entonces él tenía doce años y la repentina desaparición, significó su primer agobio con la vida, causando estragos en sus emociones y amontonando recuerdos y tristezas por mucho tiempo.

—¡Cuánto ha sufrido Esteban! Esta historia que acabas de contar me ha conmovido profundamente— interrumpió Marina, con lágrimas en os ojos—Él merece estabilizar su vida con una mujer que lo ame de verdad. ¿Papá, crees que Libertad sea esa mujer?

—¡Qué más quisiera yo! Quiera Dios, hija, que ella sea la mujer que él necesita. Como ves, desde niño ha sufrido por amor. A lo mejor teme que el querer vuelva a escaparse de su vida, como pasó con su abuela, con Claudia y con su hijo. La vida le arrancó violentamente esos amores. Pienso que la causa de su larga viudez, como te decía antes, no sea tanto por el juramento, ya que lo hizo impulsado y presionado por el súbito sufrimiento y la desesperación; de eso hace ya muchísimo tiempo. En vez de eso, creo que sea por la aprehensión con la vida, de volver a perder lo que ama.

—¿Y tu viudez, papá? Tú también mereces rehacer tu vida, hoy cumpliste cincuenta y tres años y representas mucho menos. Además, eres guapísimo, con ese parecido que tienes a Cary Grant—Le decía Marina con voz empalagosa, acercándose y tomando su rostro para estamparle dos sonoros besos en la frente. No que quiero vuelvas a quedarte solo, como cuando te dejé al casarme con Juan Carlos. Quiero que sepas que mi deseo es volverme a casar, no pienso caer de nuevo en equivocaciones. Sueño con tener más hijos y un hogar donde reine el amor, la comprensión y el compañerismo, como el de mi madre contigo.

—A mí tampoco me gustaría dejarte sola, — replicó Roberto—haces bien en volver a casarte y esta segunda vez, espero que no sea por compasión.

Eres hermosa y serena como Carmela, te pareces mucho a ella y es evidente que pretendientes no te faltarán.

CAPÍTULO 12

El periplo de Libertad & Esteban

La pérdida de Claudia y de su hijo, habían dejado en el alma de Esteban profundas heridas, difíciles de cicatrizar. Motivos que le habían impedido enamorarse. A solo dos años de casado, su joven esposa había fallecido, debido a un ataque de eclampsia que, a ocho meses de embarazo, los médicos no pudieron controlar. Como consecuencia de ello, murieron ella y el bebé. Un golpe inesperado que emocionalmente lo aniquiló. Estaba enamorado de Claudia, como coloquialmente se dice: "hasta los tuétanos". Se habían conocido en un vuelo con destino a Londres, ella era mexicana y estudiaba inglés en Cambridge y él historia del arte en Oxford.

Una vez terminados sus estudios, se casaron en México. A Esteban le costó años superar la pérdida y a partir de su viudez, se convirtió en un soltero empedernido. Desde entonces, le tuvo fobia al matrimonio, e igualmente a la posibilidad de tener un hijo. Frente a la urna le juró a Claudia que jamás se casaría y cuando de ella hablaba con la familia o reunido con los amigos, lo repetía.

La amistad entre Roberto y Esteban se remontaba a la infancia, una larga relación fortalecida por la solidaridad que Roberto demostró siempre, en los peores momentos de la vida de Esteban.

Tiempo después, intentando apaciguar la soledad, se fue relacionando con mujeres de diversas edades y nacionalidades, pero sin ningún ánimo de atar lazos. Por ninguna había sentido el interés que Libertad le inspiraba. Le atraía el halo misterioso que adivinaba en ella. Su discreción y su silencio provocaban en él sensaciones, que hace mucho no sentía. Como todas las que habían pasado por su vera, había intentado seducirla, pero sin resultado alguno. Esteban se había conformado con su amistad y su grata compañía, pero sin perder la ilusión de que en cualquier momento pudiese suceder, lo que esperaba y deseaba. Les unían los mismos gustos por la vida. Los dos eran adictos a recorrer el mundo por aire, tierra o mar. Sentían igual atracción por extraños y recónditos lugares, de allí sus encuentros en insólitos lugares del planeta. Eran honestos con ellos mismos, sabían lo que querían y lo que esperaban del presente y del futuro. Cada uno conservaba su libertad, cada uno en su casa. Eran simplemente amigos, sin ningún compromiso que los atara.

Después del viaje a Andalucía, Esteban se fue a Barcelona por asuntos de negocios. Al regresar a Madrid, una semana después, la llamó ofreciéndole —como jocoso lo expresara—"la continuidad de sus servicios como orientador de turismo". Seductor y divertido le afirmaba querer seguir siendo su guía en España y en todo el universo.

—Te invito a que juntos le demos la vuelta al mundo—le decía amable y solícito.

—¿Cuántas veces le has dado la vuelta, acompañado de rubias, pelirrojas y morenas? —Pícara le preguntaba ella, respondiendo a su invitación.

—Una sola vez hice un periplo y sin compañía alguna—respondió él, enseriando la voz, mientras Libertad reía.

Comenzaron a salir y juntos conocieron lugares increíbles de Madrid y de sus alrededores. Se relacionó con gente de su círculo, con sus hermanas y cuñados. Viajaron juntos con amigos y familiares de ambos. El destino de su primer crucero fue las islas de la Polinesia Francesa y Nueva Zelandia. Organizaron un grupo con los padres de Libertad, Ingrid y los esposos Müller.

En ese viaje cruzaron el Ecuador, la línea imaginaria alrededor del globo y entraron al sur del océano Pacífico, en la ruta hacia Tahití, Moorea y Bora Bora. Se habían embarcado en Los Ángeles, luego de haber permanecido cinco días en la populosa ciudad. En Hollywood, visitaron los Estudios Universal, sorprendidos conocieron los innumerables trucos y técnicas, que en esa época utilizaban para realizar las películas de ficción. Los efectos que lograban que se desatara una tormenta, se desbordara un río o se cayera un puente. Ingresaron en un túnel de hielo, en la cámara espacial de rayos láser y vieron a Superman volando en el espacio.

Al barco habían subido algunas parejas de artistas de Hollywood, también gente de otros Estados de la Unión. Había turistas de Brasil, de México y una venezolana de unos sesenta y cinco años, viuda de un norteamericano. Simpática y divertida, comentaba que a ese barco lo consideraba su yate particular, pues después de morir su marido, pasaba largas temporadas navegando en él. Durante los siete días de navegación hacia el primer destino, compartieron con varios de los viajeros, en los diferentes eventos programados para el día y la noche. Antes de cenar, a la hora del cóctel bailaban y luego de la cena, no se perdían ninguno de los espectáculos que presentaban cada noche. Dos días antes del arribo a Tahití, en la fiesta de bienvenida que con champán y exquisitos canapés ofreció el Capitán, la orquesta rindiendo homenaje a Glen Miller, tocó varias de sus composiciones, recibidas con efusivos aplausos por parte de los fanáticos del popular músico norteamericano. Esa misma noche, hicieron amistad con el Capitán, un noruego llamado Thor, el mismo nombre del Dios del Trueno, en la mitología nórdica y germánica, que resultó ser un verdadero estruendo de simpatía y entusiasmo.

En la mañana embarcaron a Papeete, la capital de Tahití, isla fascinante y excitante de la Polinesia Francesa. Fueron recibidos con guirnaldas de flores, que sonrientes parejas polinesias colocaban en sus cuellos, al ritmo de los tambores, bambúes, caracoles y ukeleles.

Rentaron dos carros Peugeot y dieron una vuelta por la ciudad. Recorrieron sus avenidas con árboles de frondosas copas, frente al mar. Cruzaron el arrecife donde rompen las olas, formando una fuente natural en plena vía y quedaron encantados con sus hermosos paisajes naturales. Sus montañas, su follaje y sus acantilados. Visitaron el museo Gauguin y unas ruinas arqueológicas. Recorrieron una que otra joyería donde exhibían y vendían los hermosos aderezos de perlas, en diferentes formas y tamaños, que iban desde el color gris al negro. Terminando el recorrido por la ciudad, fueron al encuentro de sus cálidas playas y degustaron los sabrosos platos de la cocina local.

Ya en la playa, dos nativas vestidas con pareos estampados en brillantes colores, flores en su cabellos, cuellos y tobillos, se acercaron a las mujeres, ofreciendo enseñarle las doce maneras de lucir un pareo y el modo de confeccionar, hilando flores naturales, como las olorosas tiarés o gardenias, las adelfas e hibiscos, las coronas de guirnaldas que llevaban. Ingrid y Libertad, aceptaron gustosas su ofrecimiento y en medio de carcajadas y dislates, aprendieron de buena gana lo enseñado. Desde ese día, las dos jóvenes decidieron usar esa indumentaria como traje del día, recibiendo piropos de sus padres y de Esteban. Cuando regresaron a sus respectivas cabinas, los Azpúrua Méndez, los Müller, Esteban Ingrid y Libertad, encontraron una invitación del Capitán, para cenar juntos al siguiente día en su mesa.

La noche de la cena, el alegre Thor, elegantemente vestido con impecable uniforme, los recibió en la puerta del comedor y junto a dos oficiales, los condujo a la mesa. Concluida la comida, subieron a una de las cubiertas, decorada para la fiesta tahitiana, de manera muy vistosa, que esa noche se celebraba con un espectáculo folclórico de artistas locales. Terminada la presentación, bailaron bajo el cielo despejado. Libertad al igual que Ingrid, quedaron gratamente sorprendidas por lo bien que bailaba Thor, quien a todos agradó con interesantes anécdotas, de sus travesías surcando mares. Tenía varios años capitaneando la nave y los entusiasmaba con el próximo programa anual. De ojos grises, cabellos del mismo color y amplia sonrisa, representaba unos cincuenta años, su rostro era encantador al igual que sus maneras.

Al siguiente día temprano, navegaron desde Tahití hacia la espectacular Moorea. Una lancha del barco los llevó al muelle donde los esperaban unos autobuses, para iniciar el tour. Todos estuvieron de acuerdo en la hermosura de la isla. Desde el mirador Beldevere, complacidos admiraron los escarpados picos que la rodeaban, las coloridas buganvilias, las bahías de agua color turquesa y los arrecifes de corales. En las playas de arena blanca, las palmeras de cocoteros se mecían al compás de las olas y sus racimos colgantes, relucían con el sol como si fueran de oro. Allí se encontraron con Thor, quien parecía haber quedado prendado de una de las dos amigas. Frente al paradisíaco paisaje, les comentó, que ahí se había rodado la película "South Pacific" que contribuyó a la fama de Moorea. Pasaron horas nadando y buceando. Al otro día, cuando llegaron a Bora Bora, Libertad entró jubilosa chapoteando el agua, mientras expresaba las ganas que tenía de quedarse a vivir en esa pequeña isla.

—¡Esto es vivir! —Gritaba mientras se adentraba en las cristalinas aguas. En esa isla y por enésima vez, Esteban le habló a Libertad de amores. Esa tarde de regreso al barco, en su cabina encontró un estuche de terciopelo gris, conteniendo un aderezo completo de perlas negras, collar zarcillos, pulsera y sortija, con una tarjeta desbordante de ternura.

Por otra parte, a los dos días de navegación rumbo a Nueva Zelandia, Thor la invitaba al próximo crucero por las islas Seychelles. Por mera casualidad se habían encontrado en el salón, donde a partir de las cinco de la tarde, se servía el té y la invitó a tomarlo juntos. Una vez sentados en una mesa cerca de la ventana con vistas al mar, se refirió a ellas como "el paraíso perdido" entre África y la India. Le habló de la impresionante belleza y lo exuberante de su vegetación.

—Sin duda alguna esas islas fueron el paraíso terrenal de Adán y Eva—opinaba convencido de ello y añadía, —no creas que el "fruto prohibido" fue la manzana, no, no fue ella. Fue una fruta única en el mundo, llamada "coco de mar". Es el fruto de un árbol que crece solo en esas islas. Se trata de dos cocos iguales, unidos en uno solo, formando unos sensuales glúteos de mujer — emocionado le explicaba—En la biblia se describe como uno de los que existían en el Edén.

Con actitud romántica y mirándola a los ojos, continuaba hablando sobre las islas Seychelles.

—El paisaje montañoso, sus playas de cambiantes colores, desde los azules en todas sus gamas a los verdes turquesa, te enamorarían al igual que las arenas tan blancas como la cal. Te asombrarías de conocer los loros negros y hablar en francés con ellos o montar sobre las gigantescas tortugas. Sobre todo, estoy seguro, que te embriagarías con los olores a canela, clavo y vainilla.

Con esa invitación de Thor a Libertad, estaba claro, a cuál de las mujeres pretendía impresionar.

Libertad no aceptó ninguna de las proposiciones recibidas de sus dos pretendientes. Ni el regalo de las perlas, ni mucho menos el crucero a las Islas Seychelles. Su corazón seguía desolado, no estaba aún dispuesta a comprometer su libertad y su paz. Todavía no había perdido el temor a enamorarse de nuevo.

Cuando su madre Laura, le hablaba de Esteban, refiriéndose a él como un hombre que reunía todos los atributos para ser un buen esposo, ella le respondía que su corazón era cobarde y no se atrevía a arriesgarse, ni siquiera con él.

—Mamá, Esteban es un buen compañero, un buen amigo. Los dos nos sentimos muy bien juntos, pero hasta allí. No quiero pensar en otra cosa y él lo sabe. Son muchas las veces que hemos hablado sobre ello. El tiempo lo dirá, por ahora quiero seguir mi vida de nómada, si él me quiere acompañar, yo encantada y si no, también. Si mi destino final es Esteban, así será, pero sin apresuramientos ni imposiciones. Quiero que la vida siga fluyendo sin dolores ni tristezas, solo ambiciono sorpresas y alegrías. Recuerda que Luisanna hace tiempo quedó atrás, que tengo una nueva identidad, que soy una mujer a la que el dolor vistió de una coraza impenetrable a nuevos amores. No olvides mamá mis palabras al salir del Convento: "No quiero nidos ni guaridas, solo quiero ser gaviota y volar".

A los cuatro días de haber zarpado llegaban al puerto de Auckland, la ciudad moderna y más poblada del país de Oceanía, construida sobre el Istmo entre el mar de Tasmania y el Pacífico. Esa noche cenaron en una casa que había sido residencia de un próspero colonizador inglés, ejemplo de lo que fue la construcción del siglo XIX. A la entrada de la histórica vivienda los esperaba un pequeño comité de recepción, vestidos de etiqueta. Daba la impresión de que la casona dotada de muebles que habían pertenecido a su antiguo propietario estuviese todavía habitada, pues hasta la larga mesa estaba servida y se sentía calor de hogar. Un mesonero inglés uniformado, portando una bandeja de plata labrada y sobre ella, copas con burbujeante champán, ceremonioso lo ofrecía. En un salón con paredes tapizadas en tela y muebles de la época victoriana, una pianista trajeada de largo interpretaba la Quinta Sinfonía de Beethoven. Luego del saludo y conversaciones de bienvenida, fueron llevados al extenso jardín alfombrado de grama y rodeado de árboles centenarios, en donde bajo un enorme toldo blanco fue servida la cena.

Al otro día se fueron de visita al "War Memorial Museum" a ver la exhibición de artículos Maori, incluyendo la enorme canoa de guerra con capacidad para ochenta y ocho guerreros. Los Maori se destacaron como finos artistas en el arte del tallado en madera. Luego de la visita al museo, partieron a un restaurante situado en un hermoso y bien cuidado parque. Continuaron recorriendo las espléndidas playas "Okahu Bay", "Mision Bay" y Saint Heliers, donde se encontraban ubicadas las residencias más elegantes de la ciudad. Tres días más de diversión pasaron, gozando de las playas antes de abordar el avión que los conduciría a "Mount Cook".

Se hospedaron en un pequeño y acogedor hotel de montaña, frente a los glaciares. El comedor con paredes de vidrio les permitía contemplar las altas montañas de color amarillo otoñal y de los impresionantes glaciares. La comida excelente y los vinos locales con poco cuerpo, pero agradables al paladar.

A las nueve de la mañana y escalando la montaña, llegaron muy cerca del mayor glaciar de Nueva Zelandia, el Tasman. Luego de varias horas de camino, bajaron hasta un río donde le esperaban varias botellas de champán enfriadas dentro de sus transparentes y gélidas aguas. Luego de charlar y libar de las copas que llevaba el guía, subieron a contemplar el lago Pukaki, cuyo color azul claro, se confundía con el del cielo, dando la sensación de que no existía separación entre uno y otro.

De todas las emociones vividas por Libertad frente a tanto espectáculo que la naturaleza brindaba a los espectadores, el momento culminante fue cuando ese mismo día, después de almorzar y descansar, volaron Esteban, Ingrid y ella, en una minúscula avioneta de cuatro puestos y esquíes en las ruedas, para aterrizar en pleno glaciar. Sus padres y los de Ingrid, no quisieron acompañarlos. El vuelo duró cuarenta minutos que a ella le parecieron cuarenta siglos. La diminuta aeronave volaba en un espacio entre dos montañas, tan estrecho, que daba la impresión de que sus alas chocarían con ellas. A pesar de la fascinante belleza aérea del glaciar, de los lagos, de las caídas de hielo; de pronto la sobrecogió el terror, cuando se percató de la profundidad del precipicio. En el momento que el piloto se disponía a descender, divisó una grieta en el suelo y pensó que, si la aeronave se desplomaba, podrían hundirse dentro de la corriente y se convertirían en estatuas de hielo. Con voz trémula exclamó: "Les confieso que siento un miedo glaciar".

—¡Vamos princesa! ¿Dónde dejaste tu proverbial valentía? —Le preguntó Esteban.

—Yo también estoy a punto de entrar en pánico Esteban, y arrepentida de haber venido. No quiero ni pensar en los cuarenta minutos del regreso—dijo Ingrid con angustia.

—¡Tranquilas que nada malo va a pasar! Esto es una experiencia maravillosa y todo terminará felizmente, se los prometo — Aseguró Esteban, tratando de animarlas.

Aterrizaron sobre una pista de hielo picadito y caminaron mientras sus pies se hundían en él. Libertad tomó un puñado de ese hielo que parecía aguamarina y lo saboreó en su boca, sintiendo su increíble pureza. En segundos, su temor desapareció y se volvió parlanchina, comentando la increíble sensación de paz que en ese lugar se respiraba.

—Tienes razón Esteban, ha sido una experiencia incomparable. Es sorprendente como mi miedo fue compensado en instantes con esta percepción de placidez, de serenidad y tranquilidad.

Esteban le tomó las manos y se las besó. Era un gesto muy de él, que a Libertad le conmovía.

CAPÍTULO 13

El infortunio y la tragedia en la vida de Marina

Al año y medio de haberle confesado a Roberto sus deseos de contraer nuevas nupcias, las ilusiones de Marina se cumplieron. Se casó con un publicista y escritor venezolano, residenciado en Madrid. Esta vez no fue por compasión, como había ocurrido con Juan Carlos, el padre de su hija. Esta vez fue por amor. Roberto quedó encantado con el yerno y se sintió feliz que Marina se casara nuevamente.

Lorenzo era un hombre bondadoso, culto y trabajador. Un excelente esposo y compañero. Ambos se amaban y se comprendían. En uno de los tantos eventos a los que por razones laborales asistía Marina, lo conoció. Entre ellos surgió una bonita amistad que con el tiempo culminó en amores. Lorenzo había cursado estudios de Filosofía y Letras en Madrid. Luego de concluida su carrera, con la ayuda económica de su padre y la asociación de dos amigos españoles, constituyó una agencia de publicidad que con los años crecería, hasta devenir en una exitosa empresa.

Desde ante de iniciar estudios universitarios, durante sus tiempos libres, escribía relatos de ciencia ficción, con cierto éxito editorial. En Madrid le había ido muy bien, tanto que solo regresaba a Venezuela por algunos hechos puntuales, visitas a la familia o duelos. Su unión matrimonial que ya iba por más de veinte años era sólida. A pesar que los deseos de ambos por tener un hijo, no se cumplieron, el matrimonio era feliz. Para Marina ese tiempo juntos había significado un obsequio de Dios y de la vida. Lorenzo era su baluarte, el lugar seguro donde refugiar la desesperación que le agobiaba. El infortunio con una violencia inesperada había dejado su corazón lisiado.

Marina no podía creer lo sucedido. Insólita y trágica era la situación para entenderla y aceptarla, el sufrimiento la obnubilaba y las lágrimas la ahogaban. En un aparatoso accidente en la vía de Madrid a la Sierra del Norte de Gredos, perdió a sus más caros afectos. Su hija Carmela Eugenia y su padre, Roberto Toro Vegas, habían muerto. El hecho que hayan muerto instantáneamente y sin sufrimiento, no la consolaba. Aunque la gente en el afán amoroso de calmar el dolor, le expresaba abrazándola y llorando con ella.

El aciago accidente ocurrió en plenas vísperas de la Semana Santa. La familia había invitado a unos amigos y al prometido de Carmela Eugenia, para pasar los días santos en la casa de la sierra. Dos días antes y con el fin de adelantar los preparativos de recibimiento a los huéspedes, Roberto y Carmela Eugenia emprendieron su viaje al chalet.

Compromisos laborales de última hora, impidieron a Lorenzo y a Marina, hacerlo junto a ellos, así que se encontrarían al día siguiente. A escasos kilómetros de la llegada a su destino, un camión los chocó de frente.

Marina había perdido a sus amores, los buscaba y no los encontraba. Primero perdió a su madre y ahora, a su padre y a su amada hija, que tanto la colmó de alegrías y satisfacciones. Carmela Eugenia siempre fue una niña buena, obediente y estudiosa, de trato dulce y muy comprensiva. Sentía un profundo amor y respeto por su madre. Era cariñosa y compañera, con una lealtad a toda prueba. Para ella, su madre lo era todo. Se había graduado de arquitecta y acababa de terminar un postgrado en Boston. Después de la Semana Mayor partiría a París, para tomar un curso de construcción.

Marina se sentía totalmente realizada como madre, al haber logrado todo lo que había soñado para ella. —¡Dios mío! ¿Por qué los desapareciste de mi vida? ¿Por qué te los llevaste si eran buenos? Me amaban y yo los adoraba—Clamaba entre sollozos una y otra vez. La desgarraba el dolor, estaba rota, quería irse lejos, partir a otro lugar. No deseaba permanecer es España; quería vivir en el otro lado del mundo. Lorenzo la comprendía y la apoyaba.

—Voy a preparar todo mi amor, para irnos a Venezuela—amoroso le decía tomando sus manos y besándolas. Hace tiempo me rondó la idea de retirarme del negocio de la publicidad.

Quiero volver a mi tierra y montar en Caracas una gran editorial con sucursal en Maracaibo y pasar más tiempo escribiendo. A un gran amigo de la familia que fue pionero en el negocio publicitario, en esa tórrida ciudad y se encuentra retirado, le he hablado por teléfono de este proyecto. Se ha entusiasmado y me propone que lo acepte como socio. Se encuentra aburrido de no hacer nada, solo viajar de un lado a otro. Tres de sus hijos manejan su empresa. ¿Qué te parece? Le preguntó a su esposa. Marina aprobó todo lo que Lorenzo le proponía, por ahora no tenía voluntad de ocuparse de nada, su ánimo estaba ensombrecido y su energía congelada. Lo único que quería era irse de España lo más pronto posible. Alejarse del Madrid de su hija, del de su padre y el de todas sus anteriores alegrías. Temía que el paso por sus calles y lugares que juntos compartieron, se convirtieran en un laberinto de tristezas que le impidiera apaciguar sus sufrimientos. A dos de sus primos que habían venido de Sevilla, les encargaron desocupar el consultorio de Roberto. Ella no tenía el valor de hacerlo. Registrar y tocar sus cosas le causaría más dolor. El saetazo que había recibido dejó su voluntad bloqueada. Lorenzo, los abogados y los primos se ocuparían de todo.

En los archivos los parientes encontraron una carpeta con el nombre de Marina y dentro de ella un sobre grande y lacrado conteniendo el testamento y otro sobre mediano, ambos dirigidos a ella. Este último tenía como remitente a su madre Carmela.

—¡Qué extraño! —Comentó uno de ellos, refiriéndose al sobre que remitía Carmela.

Transportaron a la casa en cajas de cartón debidamente organizadas, cerradas y tituladas, las historias médicas de pacientes y otros documentos. Le entregaron a Lorenzo el cartapacio con el nombre de Marina, haciendo referencia a lo que observaron. Lorenzo no hizo comentario sobre ello, Simplemente lo tomó y se dirigió a la habitación en donde se encontraba Marina. Sentada en uno de los sillones ubicados a cada lado de un mueble estilo bombeé, sobre el cual reposaban fotografías familiares en marcos de plata, Marina rezaba el rosario. Al ver a Lorenzo, interrumpió el rezo y éste le entregó la carpeta con los dos sobres.

—Encontraron esto con tu nombre en los archivos de tu padre—le dijo en tono suave y afectivo.

Ella tomó la carpeta y al abrirla y ver en uno de los sobres la letra de su madre, sorprendida la voltea una y otra vez. Miró a Lorenzo a los ojos como interrogándole. Él arrimó la otra butaca cerca de ella y sin pronunciar palabra, se sentó y esperó. Marina con mano temblorosas rasgó cuidadosamente el sobre, sacó los pliegos y enmudecida leyó:

"Mi Marina amada

No quiero que la muerte me pille sin haber escrito esta carta que Roberto te entregará cuando lo considere conveniente. ¿Cuándo será oportuno? ¿Cuándo el momento? ¿Cuándo la ocasión? ¡Sólo Dios lo sabe! Así lo hemos acordado y me lo ha prometido, aunque al igual que yo sienta temor de hacerlo.

Hija querida, desde el mismo instante que escuché el diagnóstico con la terrible noticia de mi incurable enfermedad, cuando tuve la certeza que no había vuelta atrás, pensé en lo absurdo de seguir retardando esta confesión. Este retardo tanto mío como de Roberto, ha tenido una razón importante y valedera, tu estabilidad emocional.

Los años iban pasando, olvidándonos que tú crecías, que teníamos contigo esta conversación pendiente. Entre tanto, te convertías en la hermosa mujer que hoy eres, aunque para mí seguías siendo mi adorable niña. Para ambos era muy difícil intuir el tiempo, la edad adecuada, para enterarte de lo que tenías derecho a saber. Luego tus estudios de educación secundaria, tu ingreso a la universidad, nada de ello podíamos arriesgar frente al peligro de una reacción tuya que no podíamos adivinar. Después devino mi enfermedad y no me pareció prudente agregar a tus angustias, un motivo más de desasosiego en tu vida.

Como te estarás dando cuenta, Roberto ni tampoco yo, tuvimos en todos estos años la entereza ni el ánimo necesario para tratar contigo este delicado tema. Te confieso mi buena y querida Marina, que muchos son los temores que nos han cohibido, debido a la incertidumbre a tu rechazo o aceptación, a una realidad para ti desconocida.

Pero no puedo irme sin dejar esta carta. Ruego a Dios que ilumine a Roberto señalándole el momento posible de la entrega. Estoy consciente que para mi buen esposo el no tenerme a su lado cuando la oportunidad sea propicia, volverá más difícil el cumplimiento de la tarea que delego.

Marina, esta circunstancia sería menos compleja para las dos, puesto que eres hija de mi carne y de mi sangre. Solo Roberto es el adoptante, por ello te pido seas comprensiva y agradecida con él, aléjale los miedos que por supuesto son también los míos. No quiero sufrimientos para ninguno de los dos, no deseo que te sientas incómoda a su lado.

Incontables son los casos de adoptados que, al conocer su condición, la perturbación se vuelve muy intensa, tornando lo que antes fuera una existencia feliz, en desdicha. Por ello, ante el dilema de desestabilizar tu vida emocional, todo este tiempo hemos callado.

Una y otra vez hemos conversado, sobre la conveniencia de decírtelo antes de mi partida. Roberto teme que, al enterarte de tu verdad, pudieras cambiar tu afecto auténtico hacia él. Te ha amado como si te hubiese engendrado, eres su única hija y con todo su amor te dio su apellido. Solo el pensar que pudiese ocurrir, me producía angustia. Pánico de que te sintieras también huérfana de padre con tu dolor flotando por la ausencia de ambos. ¡No! No es conveniente ni prudente provocar en ti un doble duelo.

Cuando me vaya, quiero dejar tu corazón de cristal bien embalado, envuelto en suficientes algodones que resistan los golpes del destino, para que nada ni nadie te lo quiebre.

Mi Marina, tus raíces paternas están en Venezuela. Tu padre biológico se llamaba Luis Alfonso Parra Jugo. Se llamaba, porque murió de un infarto fulminante que le partió el corazón. Así me lo contó Susana, la goajira que fue su "tata" y que lo amó como si fuera un hijo. Ella fue la única que supo de nuestros amores y de tu existencia.

Cuando decidí casarme con Roberto y dar por concluida mi carrera de cantante y bailaora, fui contigo a Caracas, ciudad en la que tenía un contrato por cumplir. Nos vimos por última vez en la cafetería del hotel, donde las dos nos hospedábamos, hablamos de mi matrimonio, del suyo, ya que estaba por contraer nupcias y de su promesa de reconocerte legalmente. Fue una hermosa tarde, tú eras aún muy pequeña. Después de casi un año de ausencias, él estaba feliz de volver a verte. Emocionado te tomó en sus brazos, colmándote de besos y ternuras.

A los pocos días, todavía estando en Caracas, supe por la prensa que había fallecido. Llamé a Susana y la encontré desesperada por la repentina muerte. Yo también me sentí muy triste y desolada.

Hija amada, cuando Roberto te entregue este escrito, te contará mi historia de amor con Luis Alfonso; la conoce toda y se ha comprometido a hacerlo. Te repito lo que te he venido diciendo en los días de mi enfermedad: acompaña y cuida siempre a mi Roberto. Tu padre biológico fue también un hombre bueno, te quiso y nunca pensó en abandonarte, la muerte lo separó de tu lado, sin que pudiera cumplir lo prometido.

Mi amor, te quiero con el alma. No sabes cuánto me entristece que la muerte nos separe. Nunca te hubiese abandonado, pero así lo ha decidido Dios y lamentablemente, se cumplirá su voluntad. Te prometo que desde el lugar donde la parca me lleve, sea el cielo, el purgatorio, o a cualquier otro espacio, desde allí estaré siempre pendiente de tu vida. Te amo... te seguiré amando y bendiciendo.

Tu mamá."

Luego de leer la carta, Marina se quedó impávida. No lloraba, estaba serena. Una sombra que por mucho tiempo permaneció desdibujada en su pensamiento, adquirió forma, convirtiéndose en imagen. Era el rostro de Luis Alfonso. Sonrió enternecida y besando suavemente los pliegues de la carta, aspiró complacida el olor que aún emanaba de ella, susurrando: — Es tu perfume "Joy" mamá ¡Cuántos recuerdos! Claro que buscaré mis raíces paternas en Venezuela, para allá iré pronto". Lorenzo turbado, la miró levantarse, ella se acercó y lo besó.

—No me abrazaré a la derrota—con voz segura expresó. —Te tengo a ti y también tengo en Venezuela a mi familia paterna que, sin dudas, me ayudarás a encontrar— y entregándole la carta de manera amorosa le dijo: —Léela, mi amor.

Y como Lorenzo la conocía tan bien, esas palabras lo confortaron y lo tranquilizaron. La amaba y sabía cuánto lo necesitaba en esos momentos de pesar. Eran una pareja conectada por el amor incondicional que ambos se profesaban.

Cuatro meses fueron suficientes para solucionar los escollos, marchar a Caracas y fijar residencia en ese hermoso valle al pie del Ávila, montaña fetiche de los caraqueños. El enamoramiento de Marina por esa capital había sido a primera vista. Quedó deslumbrada y con los años, recorrería casi toda la geografía venezolana, haciendo suya esa tierra por Dios privilegiada. Familiares y amistades de Lorenzo, la recibieron tal como recibe el venezolano al extranjero, con los brazos abiertos. Esa maravillosa disposición de reaccionar con generosidad y amor, abriendo las puertas del país y de su hogar, al forastero; haciéndolo sentir hermano. Marina estaba contenta de vivir en esa grata y moderna capital junto a Lorenzo y él muy complacido, de haber logrado el sueño de su vida: dedicarse a tiempo completo a escribir. La editorial le aportó grandes satisfacciones y estaba pensando en abrir dos librerías.

El que no pudo ser socio —debido a que la muerte lo sorprendió, antes del viaje de Lorenzo y Marina a Venezuela—fue Mario Blanco-Uribe Ramírez, el esposo de Bertha, la hermana menor de Luis Alfonso. El padre de Lorenzo desde su época de estudiante en New York había sido excelente amigo de Mario. Después de su temprano fallecimiento y a pesar de la distancia, Mario conservó el afecto y el contacto con la familia del finado. Lorenzo lo quería y respetaba, por lo que su pérdida sumada a la imposibilidad de estar presente en los actos fúnebres, fueron para él motivos de mucha aflicción. Casualidad perdida, que se encontraran y conociesen tía y sobrina, al llegar Marina a Venezuela.

Debido al parentesco con la madre del Libertador, los Blanco-Uribe pertenecen a una familia de antiguo linaje. Autorizados genealogistas lo certifican y sitúan el origen del apellido Blanco, en Flandes, cuando estaba bajo predominio de la monarquía española. Los Blanco al radicarse en Caracas a principios del Siglo XVII, ostentaron escudo de armas. Fueron grandes propietarios de haciendas de cacao. Sus grandes extensiones de tierras les había sido otorgadas por Real Cédula del Rey de España. A partir de la Institución del Mayorazgo, el apellido Blanco con la adición del Uribe se convirtió en un apellido compuesto, para ser usado por el mayor de los hijos. En mil novecientos cuarenta y dos, National Geographic Magazine, publicó una fotografía de la hermosa casa solariega de los Blanco-Uribe, tomada por el periodista y fotógrafo Luis Marden, Esta familia siempre se sintió orgullosa de su abolengo y los descendientes con algunas excepciones, continuaron usando el apellido compuesto.

Cuando Bertha y Mario se conocieron, él tenía once años residiendo en New York. Su madre al enviudar muy joven se estableció con sus cuatro hijos en dicha ciudad, convencida por su hermano mayor —quien tenía tiempo viviendo en los Estados Unidos—que los sobrinos, todos menores y varones, debían educarse en ese país. Mario el segundo de la prole, tenía apenas diez años cuando su padre, de cuarenta y dos años, falleciera por causa de un segundo derrame cerebral, luego de permanecer dos años inválido en una silla de ruedas, a causa del primero.

En su temprana adolescencia, Mario sintió pasión por los bailes que en esa época causaban furor en la alocada ciudad de los dorados años veinte: El tango, el charlestón y el tap. Este último se bailaba con plaquitas de metal colocadas en la suela de los zapatos, provocando un sonido acompasado. Si su madre, una mujer de gran carácter no lo frena a tiempo, hubiese abandonado los estudios, para convertirse en un bailarín en Broadway. Su afición era de tal entusiasmo, que se inscribió a espaldas de su madre, en un concurso de tango en el Roseland Ballroom, la sala preferida por los fiesteros de la época. Entre decenas de concursantes, el joven fue el ganador de la copa de plata. Alegre como un cascabel en tarde de feria, así era Mario. Se abrazaba a la vida temiendo que se le escapara y no volviera a encontrarla. Un galán elegante y refinado que sabía piropear con estilo y clase.

En un viaje a Maracaibo y durante una fiesta aniversaria del club de la ciudad, conoció a Bertha. La atracción del uno por el otro fue inminente, tanto, que se casaron a los seis meses de conocerse. Por el poco tiempo que tenían de amores, Celina no estaba muy contenta con el fulminante matrimonio. Temía que en el futuro y por esa razón, se deshiciera el vínculo matrimonial. Para ella, el matrimonio debía durar toda la vida, como lo ordenaba la santa iglesia. Tampoco le complacía que la más pequeña de sus hijas se fuera a vivir al extranjero, como sus hermanas, Mary, Blanca y Lucy. Solo la tranquilizaba el conocimiento que tenía sobre la familia del novio y su amistad con la futura consuegra.

Debido a la orfandad paterna, le correspondió a Luis Alfonso llevar de su brazo a Bertha, hasta el altar. El acontecimiento reunió en Maracaibo un treinta de noviembre, a todas las hermanas con sus respectivos esposos y por supuesto, la familia del novio y amistades de ambos consortes. A los dos días de haber celebrado el evento, los recién casados partieron a New York, el lugar de residencia del novio, en donde fijaron su residencia conyugal. Era el año mil novecientos veintinueve, el año del desplome de la Bolsa de Valores. El mes anterior, ante el asombro de los inversionistas, el precio de las acciones en el mercado de valores había sufrido súbitamente una baja. En el transcurso de los días continuó cayendo hasta su total derrumbe. El aire tóxico de la ruina flotaba en la ciudad, envolviendo a grandes, medianos y pequeños inversores, entre ellos, a la madre de los Blanco-Uribe, a la que su hermano, asesor e inversionista, había entusiasmado con la inversión en acciones. En una atmósfera caldeada y saturada de inquietudes, Mario y Bertha iniciaron su vida de casados.

Él, un joven optimista e inmaduro de apenas veintidós años recién cumplidos, pensaba como muchas personas, que esa situación sería pasajera. Pero al paso de los días, cerca de cien bancos quebraron e incontables grupos familiares perdieron los ahorros de toda una vida. Las empresas comenzaron a cerrar sus puertas, miles de trabajadores quedaron sin empleo, entre ellos el recién casado. La catástrofe financiera comenzó temprano a mostrar sus garras desoladoras y a causar desánimo en todos.

La Primera Guerra Mundial de mil novecientos catorce, había convertido a los Estados Unidos, en el principal proveedor de materias primas y productos alimenticios. En esos años, su desarrollo industrial derivaría en un impresionante crecimiento de la economía, colocando al país como primera potencia mundial. Esa prosperidad disfrutada en casi toda la década de los años veinte se cayó a pedazos, sacudiendo al mundo con una terrible recesión económica. Algunos expertos se encargarían de analizar cómo, la especulación de la que vivía mucha gente era la razón y motivo principal para la quiebra financiera. La fiebre por obtener ganancias rápidas que impulsaba a la compra de acciones con créditos otorgados por los bancos, con facilidades de pago y a bajos intereses.

Los comunistas, natos pescadores en ríos revueltos, sempiternos enemigos del capitalismo, del talento y del éxito de los demás, aprovecharon la coyuntura para pescar en las turbias aguas de la recesión económica, atacando el sistema de gobierno. Sin embargo, y ante su asombro, Estados Unidos emergía fortalecido diez años después de la debacle.

Para Mario y Bertha, al igual que para la mayoría de la gente, los tiempos no fueron fáciles. Ninguno de los dos había pasado dificultades, ya que nada les había faltado. Bertha fue siempre una niña sobre amada por sus padres y hermanas mayores, ahora que se sabía en la senda de su primer mes de gestación, las palabras crac, depresión y recesión, no formaban parte de su vocabulario como esposa enamorada y futura mamá. Estaba fascinada con su embarazo, le encantaban los niños y solo pensaba en ello.

Dos años más tarde, la difícil situación obligó a la pareja a regresar a Venezuela. Radicándose en Maracaibo con su hija Ileana, la bebé nacida norteamericana. Cuando su primo hermano José Ramírez MacGregor, obtuvo la concesión para Venezuela de los lujosos automóviles Packard, fabricados en Estados Unidos, Mario se asoció con él. Diez años más tarde comenzaría en el negocio publicitario hasta su retiro, cuando cedió la dirección y actividades de la empresa a cuatro de sus hijos.

Pasado un largo tiempo de la trágica muerte de Luis Alfonso, sus hermanas se enterarían por Susana, la goajira, de sus amores con la artista española y de la existencia de Marina. El secreto que celosamente había guardado por tanto tiempo, una tarde de nostalgias y dudas, decidió sacarlo de su pecho, aflorando la historia y dejando pasmadas a las hermanas. Coincidió la noticia con un aniversario del funesto episodio, en el que se encontraban reunidas, en casa de Celina, todas sus hijas. Tan inesperada noticia acrecentó las pasadas suposiciones, conjeturas y dudas que por tanto tiempo las había perturbado, sobre todo a Blanca, quien seguía considerando confuso, el suicidio de su hermano. En esa ocasión, Mary, Josefina y Bertha, manifestaron sus deseos de conocer a la hija de su hermano. Opinaron sobre el deber familiar de saber de ella. Lucy prefirió no revivir malhadados recuerdos y no revolver el pasado. Sin embargo, en Blanca, los amores de su hermano exacerbaron antiguos recelos. Se pronunciaba sobre la posibilidad de encontrar a la madre, a través de una investigación que podría llevar a cabo una persona idónea. Insistía en que los datos que podría aportar Susana, incluso la fotografía que Luis Alfonso le había regalado de Carmela y que ella aún guardaba, podrían servir para iniciar la pesquisa.

—Para cualquier investigador será tarea fácil encontrar a la madre— vehemente aseveraba Blanca. —Averiguando el lugar donde solía presentarse y la identidad de sus contratantes, le ofrecerá valiosa información y pistas para dar con su paradero.

Pensaba la Gata, que la presencia de Carmela sería útil para resolver de una vez por todas sus aprehensiones, con respecto a la muerte de su hermano. Si de verdad había sido un suicidio o un homicidio fríamente calculado.

—En esos amores podrían estar las causas del desgraciado desenlace de Luis Alfonso— advertía con insistencia, añadiendo—no quiero morirme sin saberlo.

Se encontraban reunidas en la mesa del comedor tomando café, después de un largo almuerzo. Celina hacia buen rato que se había levantado y marchado a su habitación para dormir su siesta.

—Gata, no es mala idea tu proposición— admitía Mary—siempre y cuando el propósito sea encontrar a la hija. Nada de averiguar si fue un homicidio o no. Si lo fue, ya Dios se habrá encargado de castigar a los culpables—agregaba en tono conciliador.

Josefina y Bertha estaban de acuerdo con lo expresado por Mary en lo referente a la investigación, siempre y cuando se mantuviera como intención, encontrar a Marina.

CAPÍTULO 14

Confesiones de Luisanna

Sin lograr sanar las heridas de su corazón, ni cerrar las grietas de su alma, Marina había recuperado la serenidad. Su matrimonio era armonioso y feliz.

El gran vacío en su existencia por la desaparición de su hija seguía latente en sus pasos por la vida. Nada ni nadie podría llenar el profundo abismo que dejó su ausencia y a medida que los años transcurrían, su pasión por el periodismo se convertía en bálsamo y le permitía vivir con sus tristezas. Habían pasado tres años desde que se retiró del trabajo en el Diario más influyente del país, en el que colaboró, apenas llegó a Caracas. La sección de cultura, así como la revista que el periódico anexaba los domingos, estaba bajo su jefatura. En sus cabellos, los hilos blancos se multiplicaban y a sus sesenta y cinco años, seguía igual de inquieta. A sabiendas de lo fácil que hubiese sido cumplir los deseos de su madre—debido a la amistad de Lorenzo con la viuda de Mario— Marina prefirió dejar ese asunto en manos de Dios.

Cuando Lorenzo proponía el encuentro, ella respondía no estar preparada para ello. Así se lo confesaba a Carmela en los rezos que cada noche elevaba, por su descanso eterno. Por otra parte, las tías fallecieron sin lograr ponerse de acuerdo en la investigación, que planteara Blanca tantos años atrás. Al igual que sus hermanas, la Gata murió, sin llegar a conocer la verdad de lo ocurrido.

Al retirarse Marina de sus labores periodísticas, se dedicó a escribir poesía, inspirada en sus amores idos. En Carmela la madre gitana, en la no presencia de su hija amada; en Roberto, el hombre que amó como a un padre y en el tierno papá del que solo guardaba desvaídos reflejos, de una tarde de mimos y besos. No había olvidado escribirle también un poema al querubín que voló sin su permiso al cielo, para convertirse en su ángel de la guarda.

Animada por su marido, escribió mini biografías de conocidos protagonistas de la vida política, empresarial y social venezolana y española, a los que había entrevistado, durante todos esos años.

Una temprana mañana acostada en su lecho, leyendo las páginas sociales de un rotativo caraqueño; curiosa se detuvo en una de las fotografías desplegadas a página completa, del cumpleaños número ochenta, de una dama. Una elegante anciana de cabellos completamente canos proyectaba distinción y clase que escapaban de la fotografía. La miró una y otra vez, tratando de descubrir de quien era ese rostro, que a ella no le parecía extraño y sorprendida exclamó: —¡Es Libertad...! ¡Claro que es ella! La amiga de Esteban—. Sin embargo, cuando leyó bajo la fotografía el nombre de Luisanna Azpúrua Méndez, dubitativa e intrigada se preguntó: —¿Luisanna...? ¿Luisanna?...Mientras lentamente doblaba el periódico, reclinando su cabeza sobre las almohadas recostadas en el copete de la cama. Tal error debe ser un gazapo del cronista, —pensó. Cerró los ojos y una catarata de recuerdos acudieron raudos a su mente. Más de treinta años habían pasado, desde aquella cena del cumpleaños de Roberto en el Ritz. Grata y placentera velada, en la que solo las impacientes idas y venidas de los mesoneros, delatando sus ganas de retirarse por lo tarde de la hora, logró sacarlos del lugar. Desde esa noche Marina le había perdido la pista a Libertad y a Esteban. Ellos se habían despedido anunciando otro largo viaje que los llevaría a Katmandú, la capital de Nepal. En dos semanas se marcharían hacia la bellísima ciudad asiática de pagodas y templos, en el que habitaba la "Niña -DiosaViviente" atendida y cuidada por los monjes budistas.

Esa noche, Esteban loco de entusiasmo se refería a Katmandú como un lugar mágico, tan ordenado y limpio como una tacita de plata recién pulida. Contaba sobre su ubicación en un valle rodeado por las espectaculares montañas del Himalaya, vigiladas por el altivo Everest. A su vez, Libertad relataba la afición de ambos por los viajes de aventuras, refiriendo anécdotas de un recorrido que meses atrás habían realizado a la Patagonia chilena.

A Marina le seguía intrigando Libertad y su misteriosa vida. Intuía que ocultaba un secreto y moría por descubrirlo. Ahora que la vida la había puesto en su camino, no iba a desaprovechar la oportunidad de enterarse.

Le entusiasmaba la idea de entrevistarla, escribir su biografía, saber cómo había sido su vida, antes y después de ella conocerla. ¿Y Esteban? ¿En dónde quedaría Esteban?... ¿Estaría con ella?... No lo vio en las fotografías de la prensa, tampoco lo mencionaba la reseña social. Después de la celebración del cumpleaños de Roberto, ella no lo había vuelto a ver.

A través del cronista que escribió el acontecimiento social, Marina consiguió el teléfono y sin perder tiempo, la llamó. La misma Libertad respondió. Al escuchar el nombre de Marina Toro y luego de un corto titubeo, al darse cuenta de que era la hija de Roberto Toro Vegas, el buen amigo de Esteban, con su amabilidad y simpatía acostumbrada, manifestó su alegría.

—¡Marina! ¡Qué de años…! ¿Qué estás haciendo tú en Caracas? —Preguntó efusiva.

—Lo mismo me pregunté yo cuando vi tu fotografía en el periódico—replicó Marina con afectiva voz.

—No sabes cuánto me gustaría verte, que me cuentes todo lo que has hecho en estos largos años, me hables de tu hija y de tu encantador padre. En este instante voy saliendo a una cita médica y debo ser puntual. Ha pasado demasiado tiempo… te invito a desayunar mañana en mi casa ¿puedes? —con vehemencia le pregunta Libertad.

—Por supuesto que puedo, será un placer encontrarme de nuevo contigo, tengo infinidad de cosas que contarte.

—Dame tu dirección y envío al chofer a buscarte a las ocho de la mañana ¿Te parece? Los encuentros entre estas dos mujeres habían sido efímeros, solo soplos del destino. Se conocían desde muchos años atrás, pero solo se habían visto de manera fugaz, sin el tiempo necesario para establecer una relación de amistad continua, como de manera inconsciente, pareciera que ambas deseaban. Por tercera vez, sus vidas volverían a coincidir y esta vez el encuentro, no sería transitorio.

A sus ochenta años, Libertad aún conservaba el brillo en su mirada, el entusiasmo al hablar y la elegancia en sus gestos. No había perdido su otrora alegría. Su memoria era tan lúcida como la luz meridiana.

—¡No te imaginas lo feliz que me siento de volver a ver a Marina! Es una periodista, hija de un reconocido médico español, el Doctor Toro Vegas, un buen amigo de Esteban. La he invitado a desayunar. —Le comentaba a su hermano Enrique, que esa noche la visitaba.

Le contó, cómo y dónde conoció a esa "muchacha" que ya debía haber cumplido sesenta y cinco años y la sensación que había tenido desde entonces, acerca de la existencia de un eslabón que extrañamente las enlazaba, en una mutua empatía. Y es que aún recuerda cuando Esteban las presentó, en el Teatro Calderón de Madrid y cómo una vez terminado el espectáculo disfrutaron juntos, charlando y cenando en el restaurante de moda, de ese momento.

Rememoraba las entrañables horas de animada conversación en el Goya del Ritz, en la capital española, durante la celebración del cumpleaños del padre de Marina. En esa ocasión, Marina abriría su corazón, relatando el fracaso de su matrimonio. A Libertad le bastaron dos encuentros para percibir su aguda inteligencia, su cultura, su sensibilidad y la ternura que sentía por su padre el medico; el amigo tan querido de Esteban.

Al igual que ayer, a Libertad le seguía gustando el bullicio y también las luces. Se sentía cómoda en compañía de gente más joven que ella. Había comenzado a sentir la realidad que implica, el tener ochenta años; a notar el correr de los días y a saberse incapaz de frenar la carrera del calendario. Cada mañana, al despertar, agradecía a Dios por regalarle salud y veinticuatro horas más de vida. Sus padres, familiares y algunas amistades, se habían despedido del mundo de los vivos o estaban enfermos de arterioesclerosis.

Ingrid, compañera de algunos viajes y de su misma edad, no se encontraba bien; su cabeza divagaba regresando a la infancia y no la reconocía a ella. A pesar de su viudez prematura, no volvió a casarse. Durante todos estos años, el diplomático venezolano, Eduardo Blanco-Alcántara, —amigo de Eugenio, su esposo fallecido en el incidente con los bandoleros colombianos— había sido para ella, como un hermano. En algunos de los viajes emprendidos con Libertad y Esteban, fue su compañero. Él tampoco se casó y se convirtió en un nonagenario solterón. En la sociedad caraqueña, siempre hubo la sospecha no confirmada de su homosexualidad.

Cuando Pedro Luis y Laura se hicieron mayores y dejaron de viajar,—consciente de que les debía compañía, pues en todo ese tiempo, solo habían estado juntos, uno o dos meses al año—regresó definitivamente a vivir con sus padres.

Rápidamente se adaptó a la ciudad y a la gente que por tanto tiempo había abandonado. En ella renació la sensación de pertenencia a ese territorio donde había nacido. Venezuela era su lugar. Feliz se abrazó a ella y a todos sus afectos. La gaviota desanduvo cielos, para regresar al suyo, al más azul y al más amado. Al cortar sus alas, retomó su nombre, plantando sus pies en la bendecida tierra.

Su hermano Enrique, tiene una bonita familia, era feliz de ser abuelo. Sus cuatro hijas cuando eran niñas y adolescentes la pasaban regio, junto a la "peregrina incansable" como llamaban a la tía Libertad. Durante las vacaciones, solía toda la familia visitarla y viajar con ella.

Todavía seguían gozando de su compañía y festejándole las divertidas anécdotas de sus aventuras por los más recónditos y extraños lugares del planeta. Ella las adora.

Después que el matrimonio Azpúrua Méndez falleciera, los hermanos vendieron la mansión de la familia. Era demasiado grande como para que solo Libertad, viviera en ella. Así fue como en una colina, cerca de Enrique, construyó su vivienda. Allí constantemente era visitada por su familia y por las amistades que habían sobrevivido al tiempo.

Le encantaba tener gente en su casa, no pasaba un mes sin organizar desayunos, almuerzos o cenas. Alborozada esperaba a Marina para desayunar, ella misma se había encargado de arreglar la mesa, un oficio que disfrutaba y por ello había coleccionado vajillas, manteles, candelabros, centros de mesa y una variada cristalería. Para esta ocasión, la decoración era un homenaje a la primavera: Un mantel de lino en diferentes matices de verdes y amarillos cubría una mesa redonda ubicada en la hermosa terraza con vista a la montaña. Las servilletas de color amarillo, sujetas en aros gruesos de cerámica verde suave, al igual que el resto de la vajilla, reposaban sobre los dobles platos de fina artesanía. Las copas donde servirán el agua eran de vidrio, con rosetas talladas en color verde hierba. En el centro una fuente circular, —del mismo color que los platos y tazas— repleta de olorosas flores amarillas, complementando el ornato.

Al momento del tan esperado encuentro, cuando las dos mujeres se saludaron a la entrada de la casa, la mutua calidez en el apretón de abrazos fue el preludio de una relación del alma.

Los funestos hechos que a Libertad le causaron tanto daño, los recuerdos que guardó bajo mil cerrojos, quería echarlos afuera. Pensaba que ya era tiempo y sería Marina la receptora de lo que había llevado dentro por mucho más de medio siglo, sin saber que era ella la hija de Luis Alfonso. A sus ochenta años, Libertad se preparaba, para dejar el mundo ligera de equipaje.

El largo desayuno que mutó en almuerzo y también en cena, comenzaría con una pregunta que, la curiosidad y sagacidad periodística de Marina, impedirían pasar por alto.

— Libertad, ¿Por qué la reseña social te menciona como Luisanna y no con tu nombre? ¿Fue un gazapo del redactor? — Preguntó ella.

Ya habrá tiempo de responderte esa pregunta y también de contarte muchas cosas de mi vida. —Dijo con afecto Libertad.

En poco tiempo, las dos se convertirían en amigas inseparables. Libertad mencionaba a Marina como "la hija que hubiese querido tener" —Se lo había dicho a ella, a Enrique, a sus sobrinas y a Lorenzo.

Para Marina, quien había sufrido tan dolorosas y prematuras pérdidas, la cálida y maternal presencia de Libertad, su cariño y amistad representaban un placebo a sus eternos vacíos.

En la casa de Libertad, eran gratas las largas conversaciones, acompañadas por una taza de aromático café o una copa de Martini, si el momento era para cenar.

Acostumbraban a reunirse una vez por semana y en esos encuentros, sin mucho ruido, Libertad comenzó a liberar su alma, a exponer su corazón a la intemperie. Poco a poco abría los pesados cerrojos que, por demasiado tiempo, fueron los leales guardianes de sus razones para esconder al mundo, las causas de su vida errante.

En un rincón de la terraza, rodeada de hermosas plantas, las dos mujeres sentadas en las mecedoras de mimbre blanco y cojines color verde aguacate, que formaban parte del conjunto de muebles del acogedor lugar; habían dispuesto vaciar su corazón de antiguos pesares, conversando la una con la otra, como madre e hija. En un carrito-bar también de mimbre blanco, reposaba una bandeja de reluciente plata, con dos copas de Martini, una coctelera y una pequeña fuente con aceitunas, que el eficiente mesonero español, —con muchos años al servicio de la casa— había colocado junto a otras de variados canapés.

Coloridas trinitarias bordeaban el lugar y sobre sus ramas, decenas de guacamayas, que bajaban del Cerro Ávila, se posaban en ellas. En un atardecer de crepúsculos rosados, espectacular escenario que la anfitriona celebraba, rebosando las dos copas con el helado Martini, al mismo tiempo que Libertad colocaba sobre ellas dos aceitunas ensartadas en un palillo, reiniciaba el relato que días antes interrumpiera, por la llegada adelantada de Enrique y de Lorenzo para cenar con ellas.

—Como en días pasados te platicaba, mi querida Marina, mi corazón lo guardé entre rejas de barrotes blindados, a los que podía asomarse, pero no salir. Fueron años de evasiones, deslizándome con disimulo frente a la curiosidad de la gente, que al verme joven y sola querían indagar sobre mi vida. Con elegancia paseé mi desgracia por el mundo, logrando ocultar mi eterna pena. Mi vida ha sido un eterno vagar, una huida a mi culpa. Entré en el convento a los diecinueve años, dispuesta a convertirme en monja y a no salir nunca más de allí.

En mi retiro cavilé sobre ello y llegué a la conclusión de que no había aterrizado al mundo para hacerme monja, que mi rumbo era otro, que no sería feliz encerrada entre las paredes de un monasterio.

Libertad encendió un cigarrillo y luego de la primera bocanada, continuó su relato…

—Creo Marina, que nacer es un privilegio que Dios nos regala; la oportunidad que nos obsequia una sola vez, dejando a nuestro arbitrio la elección de la ruta a tomar, para crear nuestra propia historia. El Ser y Sentir son preciadas dádivas que debemos agradecer a su generosidad, empeñándonos en saltar los obstáculos del camino hacia la felicidad. Dios desea para todos sus hijos, una vida venturosa. Perder el tiempo en lamentaciones, es sabotearle sus maravillosas intenciones. Es por lo que considero impertinente a la gente que se reciente al verte disfrutar plenamente de tus alegrías, hasta llegar al colmo de juzgarte, como si hubieses cometido un pecado mortal o una herejía, al vivir felizmente tu existencia. Esas personas que te dicen: "Tú lo que has hecho es vivir tu vida" —¡Imagínate! —Es gente que no ha entendido, ni comprendido que "vivir la vida" es complacer a Dios. Es la manera más sublime de agradecerle el maravilloso regalo de nacer. Proponerse a ser feliz es un compromiso con Él y más que eso, una obligación. Pues bien, eso es lo que he intentado hacer todos estos años.

Libertad exponía a Marina sus reflexiones, luego de un lustro internada en el convento. Razonamientos que convertiría en su "Patente de Corso" para transitar por el mundo. Le habló de sus excursiones por el globo terráqueo y por los mares de la geografía universal. Sus vueltas al planeta zarpando desde el puerto de Liverpool, en un trasatlántico inglés, o desde Le Havre, en uno francés. Sus andares desde los Apeninos a los Alpes. Del vuelo entre montañas, en una minúscula avioneta, con esquíes en las ruedas, para aterrizar en un glaciar en

Monte Cook, Nueva Zelandia. Su visita a Katmandú, la capital de Nepal, llamada "La capital del cielo" desde donde sobrevoló el Everest. De su viaje al África Oriental, a Kenya, solamente por el capricho de contemplar las nieves del Kilimanjaro. Sus heladas y ventosas giras a la Patagonia Chilena y también a la Patagonia Argentina. Sus escapadas a la Polinesia Francesa para bañarse en sus playas turquesas y cristalinas.

En su deambular había tenido excelente compañía y logrado varias amistades en todo el mundo. Los idiomas aprendidos en Suiza facilitaban el relacionarse con una amplia variedad de nacionalidades. Le dio la vuelta a Europa y viviendo un tiempo en Italia, se aficionó a la ópera y a los conciertos de música de cámara, a los que por años asistió, en temporada. Sus constantes desplazamientos de mujer cosmopolita le permitieron subsistir emocionalmente.

Hubo un breve silencio y la mirada de Libertad se tornó diferente, antes de continuar con el relato...

—Marina: ¡Todo estaba listo para la boda! Para el matrimonio con el hombre que amaba y del que me había enamorado platónicamente a mis trece años.

A ocho escasos días de la unión civil y a nueve de la ceremonia eclesiástica, él, amándome con locura, puso fin a su vida suicidándose. Fue por mi culpa, por amenazarlo al escarnio público y jurarle que no me casaría con él. Por no escuchar con calma sus explicaciones, sobre el porqué de su presencia en la cafetería de un hotel, acompañado de una mujer y de una niña, a la que besaba y prodigaba caricias. Por no entender, que un hombre soltero de treinta y un año, tenía derecho a un pasado. Fui implacable cuando suplicante expresó que le creyera, que no mentía, que no suspendiera la boda, porque si lo hacía… se mataría. Una y otra vez repetía: "Te juro que, si suspendes la boda, ¡me quito la vida! ¿Para qué la quiero, si no te tendré a ti?

Insistía en explicarme, que esa mujer había sido su amante, en una relación que comenzó, siendo él muy joven y había concluido dos días después de haberme declarado su amor y prometido matrimonio. La niña era su hija, tenía cuatro años, la amaba y estaba en trámites para reconocerla legalmente. Me expresaba convencido: "Merece todo mi amor y mis atenciones y que cumpla mis compromisos como padre, ¿qué culpa tiene de haber sido engendrada? Su madre es una buena mujer, me amó y yo la amé hasta que me enamoré de ti".

—¡Imagínate! Yo ignorando todo ello, en vísperas de mi matrimonio. La mujer era extranjera, vivía en su país de origen y pasaba largas temporadas aquí. Era artista y se casaba en esos días, fue lo que pude entender, pues la ofuscación que sentía y mis interrupciones a sus palabras me distraían. Según me dijo, ella estaba de paso por Caracas, para cumplir un contrato artístico y lo había citado para hablar sobre el reconocimiento legal de la hija, que había prometido. Él quería ver a la niña, tenía un año sin verla y me decía: "Este año ha sido una vorágine, un remolino que no me dejó tiempo, ni espacio, sino para ocuparme de ti y de nuestra boda. Siento remordimientos por no haber visto a mi hija en todo este tiempo y no haber cumplido la promesa que lleve mi apellido."

No podrías imaginarte Marina, mi descontrolada ira —le dijo Libertad, mientras se levantaba para tomar un canapé— mi furia provocada por la sorpresa y el silencio que por tanto tiempo él había guardado, con respecto a esta situación, no entendía de razones. Me sentía traicionada y engañada. Iracunda le gritaba:

—¿Vienes a hablar ahora, porque te pillaron en el hotel? Él me suplicaba y me pedía perdón por no habérmelo dicho antes, por su torpeza de haber callado: "Ha sido un año intenso de emociones a tu lado" me decía al borde del llanto y yo altanera y fuera de sí, lo seguía insultando:

— Falso, eres un falso, con una doble vida, te has burlado de mí todo este tiempo, me has traicionado y me niego a seguir oyendo tus mentiras. ¡No me vas a convencer de que me case contigo! ¡No lo haré ni ahora, ni nunca! Tu familia y toda Caracas sabrán quién eres, la doble vida que llevas y la que pretendías seguir llevando. Celina sabrá qué clase de hijo tiene: ¡desleal, infiel, traidor, amante de una artista con una hija bastarda! Difícil te será explicar tu conducta de los años que llevas engañando a todo el mundo.

Bañada en llanto y entre sollozos por último le grité: "¡Vete y suicídate, porque te juro por Dios y por mis padres, que no me casaré contigo!" Él trataba de calmarme, pero sus intentos solo provocaban que el fuego de mi indignación se avivara.

Segura estuve que cumpliría el juramento, sabía que lo haría, porque lo conocía bien, pero en esos terribles momentos, mi orgullo me gritaba al oído: "Déjalo que se mate..." Te confieso que fui despiadada,

—continuaba Libertad, con la voz entrecortada y los ojos húmedos— era tan grande mi enojo que, en ese momento, no me importaba que lo hiciera.

Ese drama marcó mi vida para siempre, dejando una imperecedera impronta en mi corazón, que ni amores, ni aventuras, han logrado borrar. Tener apenas diecinueve años y vivir semejante tragedia, no fue fácil. A las ocho horas de haber ocurrido el suicidio, Marco Aurelio, un buen amigo de los dos, llegó a mi casa aterrado, pálido y con temblorosa voz me dijo: "Luisanna, tu novio se suicidó, se quitó la vida con dos puñaladas en el corazón". Sus últimas palabras me impactaron, desgarrando mi alma, mi conciencia y me desmayé. Cuando volví en sí, mi padre tenía un pañuelo con amoníaco en mi nariz y mi madre con una gasa trataba de contener la sangre que manaba de mi frente. Había caído sobre el filo de cristal de la mesa del salón y me había abierto una herida. Todo era confusión, me llevaron al hospital y con cinco puntos de sutura me cosieron la herida.

Por largo tiempo estuve muda, mi cerebro se descargó de pensamientos y se quedó vacío. Luego, cuando ya fui capaz de pensar, mi primera intención fue tomarme una caja completa de barbitúricos que mi padre tenía en su baño y que usaba para aliviar sus esporádicos insomnios. No lo hice por miedo a no morir por esa dosis, quedando en evidencia que lo había intentado. No hubiese podido soportar el silente reproche de mis padres y mi hermano. Entonces, entré en el convento.

Un tormento más pesado que una roca, me oprimía el corazón y me asfixiaba, era un dolor imposible de definir. Con urgencia necesitaba aislarme, no podía enfrentarme al dolor de la querida y dulce Celina, la madre de él, ni al de sus hermanas: Mary, Blanca, Josy, Lucy y Bertha, que tanto me querían y estaban felices con la celebración del matrimonio. Frente a esa familia tan querida y apreciada por mis padres y por mí, me hubiese sentido una homicida que, por un amor propio desmedido, les había arrebatado sin piedad y para siempre al hijo y al hermano, tan amado por ellas.

Ni mi familia, ni yo, fuimos capaces de asistir a los actos funerarios. Las razones sobraban para no hacerlo. ¿Con qué cara podríamos presentarnos a llorar con ellas, sabiendo quién había sido la inductora de todo lo ocurrido? No tenía excusas para justificar mi comportamiento soberbio y caprichoso. No habrían comprendido mis razones y mi decepción, cuando me enteré por unas amigas, de lo que habían presenciado desde lejos, en la cafetería del hotel y lo mucho que les había sorprendido.

No sabes Marina, lo horrendo que es sentir dentro de ti la culpa que día a día en tu pecho se agiganta. Juzgarte a ti misma como la causante de una terrible tragedia. Escuchar el estruendo de tus recuerdos, estallando como rayos de tormenta en tu corazón y en tu mente. Si no me volví demente, fue gracias a la ayuda tan certera y necesaria de un psiquiatra. Desmenuzaba una a una las imágenes de la acalorada discusión que hubo entre los dos. Para aliviar mi angustia, por momentos lo culpaba a él de haber tomado esa drástica decisión, siendo un hombre maduro y doce años mayor que yo. Otras veces pensaba que su torpeza al no habérmelo contado a tiempo y mi reacción y rechazo contundente a sus explicaciones, se sumaron enloqueciéndolo.

Y en otras ocasiones, mis cavilaciones concluían en que él había querido castigarme por mi incomprensión. Si esos fueron sus deseos, absolutamente lo logró, pues dislocó mi vida para siempre.

Cuando me convencí de que vestir los hábitos, no sería mi destino final, salí de nuevo al mundo, dispuesta a embriagarme con la vida y a evitar convertirme en una efigie de dolor. No estaba preparada para enfrentar que algunos me vieran con lástima, no hubiese podido afrontarlo, porque el papel de mártir no me va. No soy una persona que se deleite convirtiéndose en inmolada, al contrario, siento pena por los que disfrutan de tal situación. Sentirse víctima es una minusvalía de la propia estima. Eso de andar por las esquinas venteando trapos de traiciones e ingratitudes para provocar compasión, mi orgullo nunca me lo permitiría.

Cuando salí de Caracas para estudiar en Suiza, tenía veinticuatro años. Cinco de ellos los pasé en el claustro, en ese tiempo solo tuve contacto con mi familia y tres años después, acepté ver también a Ingrid, mi adorable amiga de toda la vida. Estando en el convento, mi madre me llevó una carta que él había dejado sobre su escritorio para mí. Se la había entregado Catalina, una persona allegada a la familia de él. No quise abrir el sobre y menos leer lo que contenía. Le pedí a mi madre el encendedor y sin mediar palabra, abrió su cartera y me lo dio. Con esa llama fui quemando el sobre y su contenido.

Marina quien había permanecido en silencio, sorprendida por lo que hasta ahora había escuchado, le preguntó:

— Libertad, después de cinco años, ¿qué te impulsó a dejar el recinto religioso?

—Me impulsó la certidumbre de no ser apta para jurar los votos de pobreza, obediencia y clausura. El encierro ya me ahogaba y Dios me iluminó. Hice un pacto de amor con Él, prometiendo mi castidad a cambio de liberar mi culpa. Fue un homenaje a mi novio suicidado y mi penitencia a esa vida interrumpida, a la sangre derramada por mi orgullo y soberbia. Por ello, al recobrar mi libertad, instalé en mi corazón una reja protectora que me impidiera claudicar en el amor. Tomé la llave y le di tres vueltas a la cerradura. Disfracé mi pasado con otro nombre, el de "Libertad".

Fui intensamente amada por dos hombres; un noruego, capitán de uno de los trasatlánticos más lujosos del momento y Esteban, el amigo de tu padre. El infinito amor de ambos lo compensé con una amistad fraterna y solidaria. Tres veces y en diferentes lugares, Esteban me propuso matrimonio. Existía una gran compatibilidad entre los dos, muchísimas cosas en común y segura estaba, al igual que mi familia, que un matrimonio con él habría sido feliz y duradero. Me costó no sucumbir a su amor y seducción. A la tercera vez de su pedimento, pensé que él merecía conocer los profundos motivos de mis reiteradas negativas. Esteban fue el primero en conocer algo de mi historia, no tan precisa como te la estoy contando a ti. Él también me contó la suya. La pérdida de su abuela, su esposa y su hijo. Al igual que yo, poseía un historial tormentoso y por ello fue fácil que comprendiera mis razones. Esteban es un hombre noble y tú lo sabes Marina, por la vieja amistad con tu padre. No siempre me acompañó en mis viajes, no tenía el tiempo que a mí me sobraba. Si la ETA hubiese colocado la bomba en la vía del tren donde viajamos, no nos hubiésemos conocido. Sobre esto conversamos infinidad de veces, coincidiendo que Dios evitó que sucediese, para que fuéramos leales compañeros, como lo hemos sido desde entonces. Esteban me ha amado y protegido y yo también lo he amado. Él está en Barcelona, bien de salud, pero no de años. Los sobrinos lo quieren, están pendientes de él y una de sus hermanas que hace tiempo quedó viuda, le hace compañía. Le sobra amor. Lleva sus noventa años con mucha dignidad, esperando con serenidad su partida al destino final. El año pasado viajé por última vez a esa ciudad, disfrutamos como siempre, cuando estamos juntos. Nos despedimos recordando los hermosos y divertidos momentos compartidos.

El noruego me siguió a Madrid y a Roma, cuando me instalé allí y a otras partes del mundo. Fueron varios años los que me cortejó. Era un buen hombre y con buenas intenciones. Al fin se convenció de la inutilidad de sus proposiciones. Él no conoció mi biografía, a pesar de que también lo merecía.

—Marina querida, como ya escuchaste no me llamo Libertad, ese solo ha sido el nombre en la batalla que emprendí, para olvidarme de todo y de mí misma. No hubo tal gazapo del cronista social. Mi verdadero nombre es: Luisanna.

—¿Quiere decir que, de ahora en adelante debo llamarte Luisanna? —preguntó Marina con inquieta voz, evidentemente impresionada con la historia.

—¡Cómo quieras! respondió Luisanna, mirándola con ternura. — Te toca escoger el nombre que te guste más, el que tú quieras.

Luisanna se levantó, se acercó al carritobar— y dejó la copa vacía. No podía imaginar que la periodista Marina Toro Velasco, era la hija de Luis Alfonso. Marina tampoco sabía que ella fue la prometida de su padre y que él se había suicidado. Nunca escuchó en su casa el nombre de Luisanna Azpúrua Méndez, ni el de Luis Alfonso. Tampoco en casa de su abuela materna. Carmela jamás le mencionó nada de sus primeros amores y Roberto murió antes de contárselo, como le había prometido a su madre.

—Te llamaré Luisanna, como todos aquí te llaman — le respondió Marina— mientras dos lágrimas asomaban en sus ojos. ¿Sabes? Intuía que guardabas un secreto, pero nunca imaginé que fuera tan dramático y doloroso. Mi vida tampoco ha sido un "lecho de rosas" por las trágicas pérdidas que tuve. El perder a mi madre aún joven, por un cáncer de páncreas, luego a mi hija y al padrastro que amé como si fuera mi padre biológico. Esto último no te lo he contado. Roberto Toro Vegas, el que tú conociste, me adoptó regalándome su apellido y su amor de padre. No lo supe, sino después de su muerte, cuando en el archivo de su consultorio se encontró una carta escrita por mi madre, para mí, en la cual me confesaba mi condición de hija adoptiva.

Mi madre fue una famosa cantante y bailarina de flamenco y me tuvo de una relación anterior. Por cierto, con un venezolano de aquí de Caracas, que murió de un infarto fulminante en vísperas de casarse ella con Roberto. En esa carta me instó a buscar mis raíces paternas en Venezuela y mencionaba el nombre de mi padre... Se llamaba Luis Alfonso Parra Jugo. Lo poco que sé de esa relación, te lo contaré otro día. Querida Luisanna, tu historia me ha impactado...

Acerca De La Autora

Myriam Blanco-Uribe de Obadía

Abogada venezolana egresada de la Universidad del Zulia (LUZ), promoción "Nectario Andrade Labarca", en el año 1971. Durante el gobierno democrático, se desempeñó como miembro del Tribunal Disciplinario del Colegio de Abogados del Estado Zulia y Notario Público de la Notaría Tercera de Maracaibo. Su altruismo, así como la inquietud por los temas sociales de su comunidad, la llevaron a tomar el liderazgo político, siendo elegida Concejal de Maracaibo y más tarde condecorada con la "Orden Francisco de Miranda" en su Tercera Clase, por su extraordinaria labor. Fue Fundadora-Presidente de la Unión de Mujeres Independientes (UMI), propiciando escenarios de liderazgo inclusivo y participativo, dando voz activa al talento de mujeres profesionales. Miembro fundadora del Grupo de Teatro Experimental Thalía (1960) actuando bajo la dirección de Waldo García del Sol, junto a Lupita Ferrer en las obras "Gigi" de Colette y "Antígona" de Sófocles. Su vasto conocimiento y capacidad de discernimiento analítico en temas de toda índole, dejó huellas en el espacio "Cartas de Myriam" portal de información multitemática Gente del Siglo XXI, donde fungió como colaboradora. Además de ser una ávida lectora, debutó como cuentista en el género de Literatura infantil venezolana con el libro "La Cigüeña y el Niño Milagro" (2009), deleitando a sus lectores con la sensibilidad e imaginación que la caracteriza. Sus continuos viajes alrededor del mundo, su sabiduría y amor por la familia, los deja plasmados de manera sentida y apasionada, en esta, su primera historia novelada.

La presente obra ha sido editada por
Massiel Alvarez

Diseñada por
Antonio Suaza Valencia

bookmastercorp@gmail.com

www.ingramcontent.com/pod-product-compliance
Lightning Source LLC
Chambersburg PA
CBHW050522260626
47157CB00004B/1429